アマーリエと悪食公爵

Sancha
散茶

Illustration:Miyako Mitsunari
みつなり都

CONTENTS

アマーリエと悪食公爵

【1】


私、アマーリエ・アドラーはついに決心した。

悪食公爵に、この憎しみを食べてもらおうと。


アドラー伯爵家は仲睦まじい家族として有名である。仕事ができることで有名な伯爵は美しい妻を愛し、妻も夫をよく立て、二人の姉妹は母に似てたいへん美人だ。

特に妹のオルヴィアは幼い頃から病弱だが、儚《はかな》い容姿と穏やかな性格から妖精姫だと社交界でも名高い。姉のアマーリエはしっかり者で、外出時は妹に寄り添い、伯爵の言うことをよく聞く模範的な娘だともっぱらの噂だ。アドラー家がそろっている姿はまさに理想の家族であり、王妃と仲の良い国王ですらうらやむほどである。

というのが、だいぶ誇張された我が家の評判である。誇張されすぎである。

模範的な娘、しっかり者の姉と呼ばれる私からすれば、理想の家族なんて言葉は呪いにしか聞こえない。

そして何が一番最悪かというと、私以外の家族はこの評判を喜ばしく思い、本当のことだと思っていることである。

父は母を心から愛していて、愛人を作ったこともない。若い頃は容姿も整っている有望な青年だということで、それはそれはたいそうモテたそうだが、母に出会い、熱烈な求婚のすえ結ばれたと聞く。今でも母の望みは、できる限り叶えようと手間も時間も金も惜しまないほどの愛妻家だ。そして二人の娘をとても大切にしている。

と、思っている。

正確には一人だけだ。

きっと私が生まれた時、両親は大喜びしたのだと思う。そして私が退屈に感じる暇もなく可愛がってくれたのだと思う。

けれどそれはオルヴィアが生まれるまでのこと。

私が二歳の時に生まれた妹のオルヴィアは、とても体が弱かった。目を離したら死んでしまいそうな二人目の娘に、当然両親はかかりっきりになる。すでに賢く手のかからない子供だと言われていた私の面倒は、ほとんどメイドが見ることになった。

しかしこのメイドが嫌な奴だった。本当に、嫌な奴だった。鬱憤《うっぷん》晴らしなのか、私はこのメイドによく太腿やら二の腕やらを抓《つね》られたものだ。

もう結婚して故郷に戻ったが、あの表面だけは優しそうな笑顔を思い出すだけで胃がむかむかしてくる。

この憎しみも、悪食公爵に食べてもらおうかしら。なんて一瞬思ったが、それほど憎んでいると認めるのも何やら癪にさわるので彼女の話はこれで終わりにしようと思う。

とにかくそんなこんなで私が覚えている限り、我が家がオルヴィア中心でなかったことはない。

仕方ない。だってオルヴィアは体が弱いのだもの。

本人だっていつも体がつらくて、大変なはずなのだ。

だから姉の私は我慢しなくては。

妹を大事にしてあげなくては。

せめて父の求める模範的な令嬢にならなくては。

そう思って、我慢してきた。

オルヴィアの具合が急変して、私の誕生日会がなくなったとしても、気にしないでと微笑んだ。

メイドに抓られたところが痛くても、苦しそうにあえぐオルヴィアを前に痛みと悲しさを呑み込んだ。

愛情深い両親がオルヴィアにつきっきりで、お前だけでもゆっくり食べなさいと一人の食事が当たり前になってもありがとうございますと言った。たまに全員そろって食事ができても、オルヴィアの好物ばかりで、両親は私の好物など知りもしない。

そのくせ私には完璧な教養と振る舞いを求めて、特に父は顔を合わせるたびに厳しい言葉を私に投げかけた。

でも、仕方ない。

だって私は姉で、体も健康なのだから。

十分な教育を受けられる環境を与えられ、贅沢な暮らしをさせてもらっているのだから。

我慢しなくては。

などと殊勝なことを思いつつも、心の底にはいつも怒りがあった。

どうして私ばかり我慢しているの？

どうしてオルヴィアは甘やかすのに、私には厳しいことばかり言うの？

一度だけ父にそう訴えたことがある。

十三歳の私は今よりも少しだけ反抗的で、本気で訴えれば父も少しは変わってくれるかもしれないなんて心の底では期待していたのだ。

けれど現実は思った通りにはならなかった。

父はひどく傷ついた顔をして、それからすぐに真っ赤な顔で私の頬《ほほ》をぶったのだ。

「お前は自分ばかりがかわいそうだと思っているのか！」

「ち、ちが……」

「黙れ！　言い訳をするな！　オルヴィアや私たちが苦しんでいないとでも思っているのか！」

ぶたれた頰が火傷《やけど》でもしたかのように熱くて、衝撃で頭がぐわんぐわんした。

泣きじゃくる私を廊下に放り出して、父は背を向けた。

すぐに母が駆け寄って抱きしめてくれたけれど、父にぶたれたという事実がまるで氷柱となって胸に刺さったみたいに痛くて、心臓が冷たかった。

「もうあんなこと言っては駄目よ」

母は優しく私を抱きしめ、こう続けた。

「どうかお父様を怒らせないでちょうだい」

きっと母は、怒りに火のついた父がどうなるのかを知っていたのだろう。そのうえで自分が特別に大切にされていることをわかっているのだ。

ずるいと思った。

けれど母を責める気にはならない。

だって母は父に養ってもらわなければ生きていけないのだ。

母は私たちの母である以前に、父の妻であり、一人の女だった。

そしてそれは私も同じなのである。

私は自分が、守られているのと同時に父に支配されていなければ生きていけない存在なのだということを、この時理解してしまったのだった。

次の日、何事もなかったかのように両親は私に接した。

いつもの良い子に戻ってほしい。そんな彼らの声が聞こえて、私は彼らの求めるままに振る舞うしかなかった。

本当に私が悪かったのかもしれない。

私がわがままだったのかもしれない。

それでも怒りは消えずに今も心のどこかでくすぶっていて、十八になった今でも夜ごと私を苦しめている。

「絶対に結婚してここから出るのよ」

それだけが私の希望だった。


夜会に参加する時は、必ずオルヴィアと一緒だ。というかオルヴィアが夜会に行くためには、私と母が必ず付き添っていなくてはならない。そうじゃないと父が許さないのだ。

じゃあ父が付き添えばいいじゃないかという話だが、多忙ゆえなかなか難しいらしい。

ガタゴトと不規則にゆれる馬車の中、オルヴィアの頬に手をあて、母は心配そうにたずねた。

「オルヴィア、具合はどう？　少し頬が熱いようだけど」

「大丈夫よ、お母様」

少し熱っぽいのか、オルヴィアの青い瞳はうるんでいる。

大きな瞳にあどけなさの残る輪郭は、いつまでも若い母に似ている。二人とも童顔なのだ。

ふわふわとウェーブのかかった薄い金髪に、淡いブルーのドレスを着たオルヴィアはまさに絵本に出てくる妖精のお姫様のようだった。

一方、私は父に似ている。

目はどちらかといえば鋭いし、落ち着いた栗色の髪は男ならいいけど、女にしては少し地味な印象を与える。

目鼻立ちは整っている方なのだろうが、鏡に映る私はいつも陰気で冴えない顔をしている。きっと周囲にもそう見えていることだろう。

父が私に厳しいのは、見た目も一つの要因なのかもしれない。

「この間もそう言って、次の日寝込んだでしょう？」

「そうだけど……」

「あなたに無理をさせたとあっては、お父様に叱られるわ」

オルヴィアが助けを求めて、こちらに視線をさまよわせる。

私は苦笑しつつ、助け舟を出してやった。

「お母様、この前はきっといつもよりたくさん踊ったから、寝込んでしまったのよ。それに今夜は侯爵夫人の夜会でしょう？　ここで帰らせる方がかわいそうだわ」

侯爵夫人の夜会といえば、未婚の令嬢がこぞって行きたがる場所だ。規模も豪華さも随一だし、何より時々お忍びで王族も来るほど、侯爵夫人の人脈は広い。夢見がちな娘に行くなというのも酷な話だろう。

私も十分夢見がちな年頃だけど、オルヴィアの世話ばかりしているからか、自分が夜会でどうこうなる想像ができない。どうせ結婚相手は父が決めるのだし、恋をしたいという乙女らしい気持ちもよくわからない。

良く言えば大人びているし、悪く言えば枯れているのだ。

「……そうね。二人ともそろそろ本腰を入れて婚約者を探さなくてはならないものね。いい人が見つかればいいし、見つからなくても私たちがちゃんと見つけてあげるから心配はいらないわ」

「ええ。ありがとうお母様」

きっと両親が選ぶ婚約者は、家柄も容姿も性格もすべてが好ましい人物なのだろう。

もちろん彼らや世間的に言って好ましいのであって、私にとって好ましいかどうかは基準ではない。

けれど結婚すれば、家を離れられるのだから、私は明日婚約者が決まったとしても文句はない。愛人を作ろうが、無視されようが、どうでもいい。だって私も相手に興味なんてないし、愛されたいなどとは思わない。

でも、それでいいのかしら？

ふと、頭の隅でもう一人の自分が囁《ささや》く。

馬車が止まった瞬間飛び出して、そのままどこかへ逃げてしまおう。今着ているドレスと宝石を売って、仕事を探そう。ものすごく苦労するし、死ぬかもしれないけれど、やってみなきゃわからないじゃない。

弾けてしまいそうな衝動と緊張に体が強張る。

けれどすぐに悲しむオルヴィアや母の顔が浮かんで、力が抜けてしまった。

なんだかんだいって私は妹が大好きだし、母のこともずるいとは思いつつ嫌いにはなれないのだ。

結局意気地のない自分へのうんざりとした気持ちだけが残った。

そして苦々しいそれを飲み込むと同時に、馬車は目的地に到着する。

もちろん夜の闇に一人の令嬢が飛び出していく、なんてこともない。

いつも通りというか、案の定というか、夜会が始まってほどなくしてオルヴィアの前にはダンスを申し込む行列ができていた。

私にも何人か声をかけてくれたけど、そんな気分には到底なれなかったし、オルヴィアに触れようとする不埒者《ふらち》を追い払うのに忙しい。

お母様？　お母様はもちろんご婦人方と話に花を咲かせている。

いつまでも若く社交家の彼女は、気が付けば人の輪の中心になってしまうのだ。

「お姉様は踊らなくていいの？」

ちょいちょいとドレスの裾を引っ張り、オルヴィアは申し訳なさそうに私を見上げた。

「いいのよ。まぁ私が横に張り付いていると、鬱陶《うっとう》しいっていうのはわかるけど」

「そんなことないわ！　ただ……お姉様はいつも私のせいでせっかくのお誘いを断っているから」

「気にしないで。私だって本当に踊りたい相手からのお誘いだったら、あなたなんて放り出していっちゃうんだから」

「まぁ！　ひどい！」

クスクスと笑いあうと、少しだけ憂鬱《ゆううつ》な気分が晴れた。

意外なことかもしれないけれど、私たちは仲の良い姉妹なのである。

どんなにオルヴィアが私より優先されても、私は彼女を憎む気にはなれない。いや、正しくは憎みたくないのだ。オルヴィアは本当に体が弱くて、私のことを慕ってくれているのがわかっているからこそ、せめて優しい姉でありたいのだ。


急に音楽が大きく聞こえ始めたので、何が始まったのだろうかと私たちはあたりを見回した。

音楽が大きくなったのではなく、ホールに満ちていた談笑する声がひっそりと静まったのだと気が付いたのと同時に、私はこちらに近づいてくる姿があることに気が付いた。

美しい金髪の青年だ。

彼はまるで自ら光り輝いているようで、明らかに他の人とは違うのがわかった。

青年は迷わずこちらへ歩いてくる。彼が一歩進むごとに人々が身を引いて道を開けていく光景は、まるで芝居の一幕かのように様になっている。

そしてその紫の瞳が見えるところまできて、遅ればせながら彼の正体がわかった私は慌てて頭を下げた。遅れてオルヴィアも頭を下げる。

まっすぐに私たちの前までやってきた彼は立ち止まり、困ったように眉を下げて言った。

「ああ、そんなにかしこまらないで。今日はただの客として来ているんだ」

「ですが、あなたは……」

次期国王、ギルバート王子は爽やかに微笑み、軽く頭を振る。

「それより君たちが噂に聞くアドラー伯爵家の御令嬢方かな？」

「姉のアマーリエです」

明らかに緊張してカチコチになっているオルヴィアをそっとうながす。

「……妹のオルヴィアです」

王子の目が大きく見開かれる。

そうよね。間近で見ると、信じられないくらい可愛いものね。


それから彼はオルヴィアをダンスに誘った。

彼らは一曲だけではなく、二曲も続けて踊り、夜会は騒然となった。

王子は妖精姫に心を奪われたのだ、と。

【2】

「どうしましょう、お姉様……」

王子からの贈り物を前に、オルヴィアは途方に暮れた顔をしている。

花にドレスに宝石に。

テーブルの上だけでは収まらず、ソファの上にまで見るからに高級そうな箱が積まれている。

全てギルバート殿下からオルヴィアへの贈り物だ。

まぁ王子様だから、気に入った女性に贈り物をするとなったら普通よりも豪華なのだろうけど、これはさすがにちょっとやりすぎなのではないだろうか。

「こんなにたくさんの贈り物をもらうなんて申し訳ないわ」

「何を言っているの、オルヴィア。殿下からのお気持ちがこんなに深いなんて、素敵なことじゃない！」

すっかり有頂天のお母様は、さっそく花束を飾るよう使用人に言いつけた。

「それに昨日踊った時に体が弱いとお話ししたら、王宮の治癒師を紹介するとも言ってくださって……」

「治癒師を⁉」

そろって大声をあげた私たちに、オルヴィアはひっくり返りそうになる。

いやいや、ひっくり返るのはこっちの方だ。だって、王宮の治癒師なんて王族に連なる者しか診てもらえない、王族以上に会うのが困難な存在なのだ。

治癒師とは神殿で修行をして、人々を癒《いや》す特別な魔法を神から授けられた存在だ。

その能力にも階級があり、王宮の治癒師ならば老衰以外のたいていの病気は治せると聞く。

そんな凄い治癒師が診てくれるということは、オルヴィアもきっと健康になれるはず。

王子がそこまでしてくれるということは、本気でオルヴィアに一目ぼれしてしまったということで、健康になったオルヴィアを婚約者に選ぶつもりだということだ。

その可能性に思い至り、我が家は天地がひっくり返ったような混乱に陥《おちい》った。

けれど王子は予想以上に本気で、手紙が届いたかと思うと、夜会から三日後にはオルヴィアの寝室に王宮の治癒師がいた。

そしてオルヴィアは健康になった。

ずっと悩まされていた発熱や倦怠《けんたい》感はすっかりなくなり、走っても息切れしなくなったし、寝込むこともなくなった。

むしろ元気すぎて、お転婆なくらいだ。

「ギルバート様！」

屋敷の庭で、明るい陽の下でくるくる回るオルヴィアに、殿下はデレデレとした顔で手を振り返す。

整った顔だとデレデレしていても美形のままなんだなと、いささか無礼なことを考えながら、私は幸せそうな恋人たちから視線を外した。

たぶん殿下はすぐにでもオルヴィアに結婚を申し込みたいのだろう。

我が家から王妃が出るとは……。

しかもそれが妹だなんて、まさかまさかだ。

まぁでも、オルヴィアは国一番の美少女だもんね。

これまで体調面でつらい思いをたくさんしてきたから、姉としても幸せになってほしい。

少し世間知らずで、頼りないけれど、殿下がそんなオルヴィアがいいというのなら、たぶんそれでいいのだろうし、きっと支えてくれるはずだ。

別に自分が殿下に選ばれたかったとか、そんなことは思っていない。むしろオルヴィアがその美しさゆえに王子の婚約者として選ばれたことは誇らしくさえ思う。

ただ、ちょっとだけ。

ちょっとだけ、あんなにも強く誰かに望まれるオルヴィアがうらやましいだけ。

「アマーリエ、お父様が帰っていらしたわ。それであなたに何かお話があるみたい」

「わかりました」

殿下が来ているから、慌てて帰ってきたのだろうか。

うぇと心の中で思いっきり舌を出して、私は父の書斎へと向かった。


父の書斎は屋敷の中でも一等立派な部屋だ。人をもてなすための客間と違って派手さはないけれど、代々受け継いできた書斎机はそれだけで価値のある骨董品《こっとうひん》だし、カーテンも壁紙も優先的に取り換えられているからいつ見ても新しい。日当たりだって良好だ。

ずっと家にいるわけでもないのに、もったいない。というのは口にしない方が賢明だろう。

「失礼いたします」

扉をノックすると短く入れと返され、私は父の前に立った。

「お帰りなさいませ、お父様」

「ああ。ギルバート殿下がいらしていると聞いてな」

「中庭でオルヴィアがおもてなししています」

「そうか」

父はあまり嬉しくなさそうに顎《あご》をひいて、ため息をついた。

「国王陛下からオルヴィアのことを聞かれた」

「それは……」

「あくまで世間話の延長だったが、そういうことなのだろうな」

なんだか嫌な予感がして、ぎゅっと手を握りしめる。

父は母やオルヴィアの前では決して見せない、冷たい伯爵の顔でこう続けた。

「オルヴィアが王家に嫁ぐとなると、お前には早く婿をとってもらわねばならんな」

「……え？」

「すでに様々な家から打診は来ているんだが、婿となると慎重に選ばねば」

婿？

婿ですって？

それじゃあ、私はこの家から出ていけないじゃないか。

心臓がバクバクと大きな音を立て始める。

「あの、お父様」

「心配するな。ちゃんと良い婿を私たちが選んでやる」

もうそうすると決め込んだ調子で父は一人で勝手にうんうん頷く。

それでは困る。婿なんてとったら、私は家から離れるどころか今以上にこの家に縛られることになってしまう。跡継ぎがいなくて困るなら従兄がいるではないか。それでは駄目なのか。

なんとか説得しようと、私は干上がった口を開いた。けれど私が言葉を発するよりも先に、父が重いため息をついてこう言った。

「はぁ……アマーリエ。なぜ、お前は男で生まれなかったのだ。お前が男であれば、安心してオルヴィアを嫁に出せたというのに」

一瞬何を言われたのかわからなくて、息が止まった。

「まぁいい。オルヴィアが健康になり、王妃になれるのだ。あの子がその重責に耐えられるか不安ではあるが、そこは私やお前が支えればいい。ふむ。そうなるとやはり婿は信用できる男でなくては困るな。分家のやつらにもつけ入るすきを与えないように見張っていなくては」

「……お父様は、私が男であればよかったのですか？」

なんとかそう絞り出すと、父はようやく人間らしい顔つきに戻った。

「ん？　ああ、すまない。言葉の綾みたいなものだ。お前は私の可愛い娘だとも」

そんなことは聞いていない。

言葉の綾だと、可愛い娘だとでも言えば、許されると思っているのか。

「私たちでこれからもオルヴィアを支えていこう」

私たちって、私も？　私はこれからも、お父様の言いつけ通りに生きて、望まれるままにオルヴィアのために、お父様のために生きるの？　ずっとそれに耐えろというの？　冗談じゃない。私が一度でもそんなことを願った？　というか娘を自分の所有物だとでも思っているの？　誰も好き好んで聞き分けの良い子をしているわけじゃない。お前の自慢の聞き分けの良い娘は、私の我慢と努力の上に成り立っているのに、その一つも見ようとしないでよくもまぁ……。

怒涛のようにため込んできた不満があふれる。

それらをなんとか抑え込んで冷静になろうとした私は、あまりに恐ろしい事実に直面した。


私は死ぬまで、この家に、父に縛られ続けるのだ。という事実に。


どうやって自分の部屋に戻ってきたのか、よく覚えていない。

ちゃんと受け答えできたのかすら定かではないが、そうじゃなかったら、後からあの時の態度はなんだったのだ。お前はすぐ不満そうにする。と叱られるだけだ。一生家に縛られることを考えれば、一度叱られるくらいどうだっていいことのように思えてくる。

私はふらふらとベッドに腰かけ、それから横向きに倒れこんだ。

ぼふんと柔らかい寝具が頬に触れ、乾いた清潔な布の感触と匂いだけがやけにリアルだ。

寝具に化粧がついてしまうとか、ドレスにしわが寄ってしまうとか、なんだかもうどうでもよくなってしまった。

これが貴族の娘に生まれるということなのだろう。

私は特別に不幸じゃない。

だって温かい家があって、三食美味しいものを食べさせてもらって、健康で。

不幸ではない。

でも、幸せでもない。

激情が腹の底から湧き上がって、体が内側からバラバラに壊れてしまいそうだった。

どうして私ばかり！　と泣き叫びたい。

それと同時に、被害者ぶるんじゃないという非難が胸を刺す。

父が憎い。

母が憎い。

そして可愛いはずの妹すら憎い。

私はこの家から、父から逃れることができないのに。

父の期待通りに頑張ってきたつもりだったのに、その結果が「男だったらよかったのに」だなんて！

じゃあ、私が男だったら大切にしてくれたのか。

私が男だったら、私の言葉に耳を傾けてくれたのか。

悔しい。あまりに悔しい。

枕を強く抱きしめ、声を殺して私は泣いた。

光輝く中庭で殿下とオルヴィアが笑いあっていて、そこに母と父が加わっている様子が瞼《まぶた》の裏に浮かんだ。

そこに私はいない。

いなくても、誰もさみしがらない。

それがあまりに惨めで、憎らしくて、悔しくて涙が止まらない。

こんなドロドロとした憎しみを抱いて、これからやっていけるのだろうか。

やっていくしか、ないのだろう。

でも、もう上手くやっていく自信がない。

じゃあどうすればいい？　本当に全部捨てて逃げてしまう？

そんなことをして、どうなるというの。

よしんば上手くいったとして、私は本当に自由が欲しいのだろうか。今となっては恥ずかしいし、馬鹿馬鹿しいことだけれど、父に認められたくて頑張ってきたことは本当に無意味なのだろうか。それすら投げ捨ててしまうのは、嫌だ。

ならば、やり通すしかない。

模範的な令嬢、理想の家族の長女、アマーリエ・アドラーを貫くしかない。

それだけが私に残された意地なのだ。

まともな時ならばここまで思いつめたりはしないだろうに、残念ながらこの時の私は文字通りまともではなかった。たぶん目つきからして尋常ではなかったことだろう。だからこそ、もっとまともじゃない考えが浮かんだのだといえるし、それが結果として運命を変えることになったのである。

私の脳裏に、その人物はまるで啓示のように現れた。

この世には治癒師のような特別な能力をさずかった人間が、少なからずいる。その中でもその人は特殊な能力を代々受け継いでいるのだと聞く。

サディアス・トラレス。

長い歴史を持つ公爵家の若き当主。

別名、悪食公爵。

人の感情を食べる、不思議な力を持った人。

しかも憎しみや嫉妬《しっと》などの醜《みにく》い感情を好んで食べる。感情を食べられると、その感情はすっかりなくなってしまうらしい。謀反を企てたり、王族に危害を加えたりした重罪人を裁くのもこの悪食公爵であり、重罪人はあらゆる感情を食べられ、廃人になるのだ。特に公爵にとって恐怖は美酒であり、憎しみは血の滴るステーキであるため、それらを好んで食す。それは父が子供の頃よりも前から語られて、信じられてきた噂《うわさ》だ。

そして悪食公爵が一等好むのは、乙女の心を丸呑みしてしまうことなのだという。

ちょうどいいではないか。彼にこの感情を食べてもらおう。いっそのこと、私の心すべてを食べられたっていい。幸いなことに私は乙女と呼ばれる年頃だし、見た目も陰気なことを除けば悪くはないはずだ。


そして私は決心した。

悪食公爵に、この憎しみを食べてもらおうと。

【3】

悪食公爵に心を食べてもらうと決めたら、一時もじっとしていられなかった。

これほど大きな決断をしたのは初めてだけど、自分でも驚くほどの行動力が湧いてくる。

まずは外出する口実を用意する必要があったので、友人にお願いしてお茶会に招待してもらった。それからこっそりその友人の屋敷の裏口から通してもらって、大通りで馬車を拾うことにした。友人には気晴らしに一人で街を歩きたいと嘘をついて協力してもらっているので、いつか必ず謝ろうと思う。

供もつけずに一人で街を歩くのは初めてだ。

大通りは比較的身なりのいい人間であふれていた。地味なワンピースとヴェールをかぶってきたのだが、未婚の若い女性でヴェールをかぶっている人は予想よりも多かった。これなら私も十分商家の娘のように見えていることだろう。

とはいえ心細いことにはかわりない。街には人さらいだの詐欺だの軟派な男だの、危険な存在がたくさん隠れているのだと心配した友人に脅されたのも大きいだろう。

ついついうつむきそうになる顔を必死に上げて、私は足早に通りを進んだ。

道沿いにしばらく行くと、人と馬車が一際集まっている場所が見えてきた。停車場だ。

「トラレス公爵のお屋敷へ行きたいのだけれど」

暇そうにしている御者にそう声をかけると、彼は慣れた様子で扉を開けてくれる。

硬い座席に乗り込んで扉が閉まると、どっと力が抜けた。それと同時に、やろうと思えば案外なんでもできるんだな、という感動もあって、私はほうと息を吐いた。

あとはトラレス公爵に会うだけだ。

友人のところに私がいないとばれることもないだろう。迎えの時間もしっかり決めておいたし、そもそもオルヴィアのことで我が家は手一杯なのだ。何かよほどの急用でもない限り迎えが早まることもない。

膝の上で重ねた手を握りしめたり開いたりしているうちに、窓の外に緑が混ざり始める。

悪食公爵の屋敷は、静かな屋敷街のはずれにあった。

支払いを済ませ、私はとうとう目的地へとたどり着いた。

公爵の屋敷はその歴史を体現したかのような古風な佇まいで、外観は流行りの明るい色とは真逆の黒だ。威圧的な姿は来るものを威嚇《いかく》しているかのようである。

来客用の鐘を鳴らすと、すぐに扉が開かれた。

公爵家の使用人は、顔と身分を隠した私を見て、すぐさま何の用で来たのか察したらしい。

何も言わずに、そっと中へと促してくれた。

事前に手紙などを送らなくてもいいと聞いた時は本当だろうかと心配になったものだが、この様子を見るに大丈夫だったらしい。

「公爵様がいらっしゃるまで、こちらでお待ちください」

そう言って通された部屋は、落ち着いた雰囲気の客間だった。

壁紙は深いグリーンで、どっしりとした飴色のテーブルにはいい香りのする紅茶が置かれている。

そろそろとソファに腰かけると、緊張が背筋を駆けのぼってきた。

さっきまでは興奮していたくらいなのに、とんでもないことをしてしまっているのではないかと今さらながら怖くなったのだ。

もしも父にばれたら、何と言われるだろう。

何て勝手なことをしたんだ！　って激怒するだろうな。

ぶたれるくらいで済めばいい方かもしれない。

父はなんでもかんでもすぐに怒る人間ではないけれど、一度怒りに火がつくと自分自身でもコントロールできなくなるように見える。それは誰にも止められなくて、特に母や使用人たちは父を怒らせることを神の怒りに触れるのと同じくらい恐れている節がある。気持ちはわからなくはない。

でも公爵に心を食べてもらえば、きっとその恐怖もなくなってしまうのだ。

「大丈夫……大丈夫……」

自分に言い聞かせて、胸の前できつく手を握りしめる。

何か温かいものを飲めば落ち着くかもしれないと考え、私は紅茶に手を伸ばした。

けれど持ち上げようとしたカップがソーサーとぶつかってカチャカチャと不快な音を立て、中身がこぼれるほどではないが波打つ。

仕方なく飲むのをあきらめ、私は壁紙の蔦《つた》模様を眺めることにした。


部屋の右端から出発した蔦の行く先を辿って、反対側の壁までたどり着いた頃。

ノックの音が聞こえ、一人の男が入ってきた。

最初、随分と背の高いおじいさんが入ってきたのだと思った。

というのも髪の毛は真っ白で、体も見るからに痩《や》せていたからだ。

しかしその顔は、やつれてはいるもののまだ年若い青年のものだった。

よく見ると白髪かと思われた髪は、青みがかった銀髪だ。顔も痩せこけているが、鼻筋も高いし、切れ長の目も綺麗な形をしている。目の下にくっきりと浮かんだ酷いクマと、こけた頬の影のせいで幽鬼めいた姿に見えるが、本来は綺麗な顔をしているのではないだろうか。

どこかつらいのか眉根はきつく寄せられており、切れ長の目はどんよりと暗い。具合が悪いとわかっていても、人によっては恐ろしい形相に見えるだろう。

「お待たせしました。自己紹介は必要ですか？」

彼はひどく事務的な調子でそう言って、挨拶もそこそこに腰かけた。

少し無礼な態度にむっとしたが、こちらも約束なしに訪ねている身分だということを思い出し、私はゆるゆると首を振った。

それにしても、使用人の一人もいない部屋で二人っきりになるなんて、公爵は少々無防備すぎないだろうか。見るからに虚弱というか、弱々しいというか、襲われたら一たまりもなさそうだ。こうボキッといきそう。

「あなたのお名前は尋ねませんし、詮索もしません。誰かわかっても、ここへ来たことを私は誰にもしゃべりませんし、すぐに忘れるでしょう。ただ貴族であることを示していただければ、問題ありません」

何百回も言ってきた文句なのだろう。淀みなく言い切り、彼はほんのりと目元を和らげる。目が落ちくぼんでいるせいでわかりづらいけれど、微笑んでいるらしかった。

「えっと、これでいいでしょうか？」

金の糸で家紋を刺したハンカチを見せると、よろしいですと頷かれる。

その顔色があまりに悪いので、私はついつい彼の顔を覗き込んだ。

「あの……」

どんよりとしたアンバーの瞳が、まっすぐに私を見つめた。

わぁ、まつ毛まで銀色だ。

見当違いなところに目を奪われる私に、彼は怪訝そうに眉をひそめた。

「何か？」

「ご、ごめんなさい」

初対面の男の人の顔をじろじろ見るなんて、失礼なことをしてしまった。

たいして乱れてもいないヴェールを整え、私は慌てて居住まいを正した。

「どんな感情を食べましょうか？」

「家族に対する憎しみを……いいえ、できるならば心を丸ごと食べてもらいたいと思ってここに来ました」

ハンカチを握りしめそう告げると、彼はなぜかきゅっと苦しそうな顔をする。

「心をすべて食べられるということが、どういうことかわかっているのですか？」

「いいえ。でも、あるよりはきっとマシだわ」

「心を食べられるということは、あなたという存在が消えることと同義。一種の死だ」

わざと怖がらせるみたいに、彼は不健康な顔ですごむ。

けれど物心ついた頃からオルヴィアという病弱な妹がいたせいで、怖いどころかますます心配になってしまう。

というかこの人、健康になる前のオルヴィアよりもずっと具合が悪そうだ。

自分の用事よりもそちらの方が気になってしまって、私はそろそろと尋ねた。

「その申し訳ないのですが、もしかしてお加減が悪いのでは？」

「気にしないでください」

そう言われても……。

「巷では私が乙女の心を丸呑みするのを好むなどと言われていますが、私は悪食なのです。憎悪や嫉妬以外のものは食べる気になどならない。ですからあなたがどんなに望もうと、私はあなたのご家族への憎悪しか食べるつもりはありません」

なんだ、乙女の心を丸呑みするのが好きだというのは、ただの噂だったのか。

恐怖は美酒で、憎しみはステーキというのも、実際の公爵を目の当たりにするとなんだか嘘のような気がしてくる。

だってこんなに顔が青くては、お酒もお肉も体が受け付けなそうだ。

世に出回っている悪食公爵の噂が少し疑わしく思えてきたけれど、私だってここまで来るのが

簡単だったわけじゃない。

「憎しみだけでも構いません。その、持ち合わせはあまりないのですが、対価は何をお支払いすればいいでしょうか？」

私が個人で持っている装飾品で足りるといいのだけれど。

私の不安を拭い去ろうとしてか、彼は初めてわかりやすい穏やかな笑みを見せた。

「対価など求めません。私にとって、これはただの食事ですから」

「本当に人の憎しみが美味しいのですか？」

「ええ」

美味しいものを食べているなら、こんなにも不健康そうな姿にはならない気がするし、この人はなんというか……そう、いい人っぽいのだ。悪食公爵という名や、つっけんどんな態度のわりに、なんとなくいい人っぽさが隠しきれていない感じがする。

なんだかすっかり気が引けてしまって、私はどうしたものかと言葉に詰まった。

その時、にわかに公爵の口から短い呻《うめ》きが漏れた。

彼は前かがみになり、胃のあたりを手で押さえる。

「……っ！」

顔はますます青白く、額から一気に汗が噴き出した。

「大丈夫ですか⁉」

「……大丈夫です」

そんな絞り出した声で大丈夫と言われても、信じる人間はいないだろうに。

私は慌てて立ち上がり、平静を装おうとする彼のそばにひざまずいた。

「すまない。少し休めば治まるから」

「いいえ。嘘はよくありません」

オルヴィアによくしてあげていたように、丸まった背中を優しくさする。

「人を呼んできましょうか？」

「卓上のベルを……」

彼の骨ばった指が示す先に、小さなベルがある。

力いっぱい振ると、見た目に反して大きな音が響いた。

すぐに年かさの使用人が、ぱたぱたと入ってくる。

「マーサ、薬を……」

「すぐにご用意いたします！」

メイド長か、少なくとも古株の使用人らしき女性は、慌てつつも慣れた様子で水と薬を手に戻ってくる。

それらを受け取った公爵はおぼつかない手つきで薬を口に運び、ぐいっと水をあおった。

口の端から水が垂れて、服にかかりそうになる。

私は急いで握りしめたままだったハンカチを彼の顎に当てた。

こんなに具合が悪いのに、憎しみをなくしてしまいたいからと自分勝手に押しかけたことがひどく恥ずかしく、申し訳なくなってくる。

「……はぁ」

薬を飲んで人心地ついた公爵は息を吐き、ぐったりと力を抜いた。

真っ白な首筋を銀色の髪がぱらぱらと落ちていく。

「お使いになってください」

ちょっと濡れてしまっているけど、口元が濡れたままでは不快だろう。

さきほど顎先にあてたハンカチを差し出すと、彼はきょとんとなんだか幼い子供のような目で私を見た。

「君、いい匂いがする」

「はぁ。たしなみとして香水はつけていますけど」

「いや、そうじゃなくて……」

まどろむように、公爵の目が瞬《またた》いた。

うっすら血色の悪い唇《くちびる》が開き、すうっと何かを吸い込む。

同時に私の中から何かが吸い取られていく感覚があった。

急に立ち上がった時に血の気が引くような、いやそれよりもミントティーを飲んだ後に胸がスースーとするのに似ているような。

ぽっかりと心が空になって、その軽さが少し寂しくて。

でも不思議なことに、嫌な感じではなかった。

「今のは……」

呆然とする私の目の前で、みるみるうちに公爵の頬に血の赤みがさしていく。

良くなっているのは顔色だけではない。

どんよりと生気を失っていた瞳が、明るく、輝きを取り戻している。

まるで太陽に透かした琥珀《こはく》のようだ。

その輝きにすっかり魅入られて、私は先ほど自分が何かをされたのではないかということも忘れて、なんて綺麗な瞳なんだろうと呆けてしまった。

マーサと呼ばれたメイドが感激の声をあげるのが聞こえて、ヴェール越しに見つめあっていた私たちはそれぞれはっと我に返った。

公爵は大げさなくらいに後退り、なぜか両手を顔の横にあげた。

「すまない！　今のは無意識で、決して食べようと思ったわけでは」

「食べた？」

「……君が僕を心配する気持ちが、あまりに美味しそうで、つい」

「食べた、と」

へぇ、感情を食べられるのって、あんな感じなんだ。

変な感じだったけど、思っていたよりも怖いものではなかったな。

「具合が良くなったのは、私の感情を食べたから？」

「ああ。もうずっとろくでもない感情しか食べていないから……」

ろくでもない感情というのが、どのようなものを指すのかはわからないけれど、私が彼を心配する気持ちは少なくともろくな感情の部類に入るのだろう。

そう言われると悪い気はしない。

「では、もっとどうぞ」

そう言うと、公爵はぽかんと口を開けて固まった。

さぁどうぞ！　とその場に座りなおして促すと、困惑しきった声が返ってくる。

「な、なんで？」

僕とか、なんでとか、素が出ているのか、ちょっと可愛いと思ってしまう。

「心配というよりは、愛でるような気持ちが湧いてきたのですが、それでも大丈夫でしょうか？」

「いい匂いがするからきっと美味しいんだろうけど……愛でる？」

「では、どうぞ」

公爵様の具合が良くなるなら、こちらはいくらでも食べてもらって構わない。

心のぽっかりとした感じはもうすっかりないし、心配する気持ちもなくなってはいない。一瞬なくなったけれど、また湧いてきたという感じだ。

「どうぞって、怖くないのか？　僕は勝手に君の感情を食べたんだよ？　不快だし、気持ち悪かっただろう？」

「一瞬、ぽっかりと穴が開いた感じはありましたが、むしろすっきりするような感じがしました。ミントティーを飲んだみたいな」

「ミントティーみたい」

「お飲みになったことはありますか？」

「いや、ないけど……そんな感想は初めてだよ」

「好き嫌いありますものね、ミントティー」

「いや、そういう意味じゃなくて……」

呆れた顔でそう言いつつ、公爵は耐えきれなくなった様子で噴き出した。

ふふふ、と上品に笑う顔は思いがけず無邪気で、やっぱり可愛い人だと思った。

「いや。まずはお礼を言わないとな。ありがとう、名も知らぬご令嬢よ」

公爵はほんのりと柔《やわ》らかい笑みを口元に浮かべて、私に手を差し伸べる。

「よければ名前をうかがってもいいだろうか？」

名乗ってよいものかわずかに迷ったが、彼の微笑《ほほえ》みにつられ、気が付いたら私は自らの名を口にしていた。

「アマーリエです」

「そうか。素敵な名だね。私のことはサディアスと」

「サディアス様」

満足げに頷き、彼は私の手を引きつつ立ち上がる。

こうして並んで立つと本当に背が高い。けれど身のこなしか雰囲気ゆえか、威圧的ではなく、むしろ優美な印象だ。

サディアスは輝きを取り戻した黄金の瞳を細めて、こう尋ねた。

「ところでミントティーはいかがかな？」

【4】

場所を変えようと連れていかれたのは、日当たりのいいバルコニーだった。内装も家具も公爵家にふさわしい品と歴史をそなえていた。

横になって休まなくていいのかと尋ねたが、だいぶ良くなったから大丈夫と断られた。

確かに見た目からもかなり良くなったようだけど。

本人が大丈夫と言うからには、無理に休ませるわけにもいかず、誘われるまま私はサディアスの横に腰かけた。二人並んで風景を眺める形だ。

首筋に当たる風が心地よい。

もう名乗ってしまったことだし、顔を隠す必要もないだろう。

鬱陶しいヴェールを外してしまうと、ほんのりと汗をかいた前髪に風が涼しい。視界を遮《さえぎ》るものがなくなり、ふうっと息をついた。

乱れた前髪を整えていると、妙に横から視線を感じる。

なんだろうと横を向くと、赤くなったサディアスと目があった。

「サディアス様?」

「あぁ、すまない。君があまりに美人だったからつい」

お世辞で言っているのかと思ったが、心から感心しているふうに言うので、ついどぎまぎしてしまう。

人前に出る時はオルヴィアと一緒にいることが多いから、ここまでストレートに容姿を褒められたのは初めてかもしれない。

「あ、ありがとうございます」

サディアスもちゃんと養生して、肉をつければ、きっと美男子だろうに。でも彼だって好きこのんで幽鬼のような今の姿をしているわけではないだろうから、ただお礼を言うだけにとどめておいた。

やっぱり公爵の身分でも、王宮の治癒師に診てもらうのは難しいのだろうか。

そう考えると、オルヴィアの身の上に起こったことは本当に奇跡的としか言いようがない。

先ほど薬を持ってきたマーサが、ニコニコと微笑みながらガラスのカップにミントティーを注いでくれる。つんだばかりのミントを使ったのだろう、色はうすいが、新鮮な香りがする。

そして色づいたお茶の上には、青いミントがちょこなんと添えられ、柔らかな風にふよふよと揺れている。

「ミントティーは普段から好んで飲むの？」

「一時期、我が家でハーブのお茶を試していた時期があって、その時に」

オルヴィアの体にいいかもしれないからと、ハーブやら東の国から仕入れた生薬やらに両親が凝っていた時期だ。

家族の妙な連帯感というか、なぜかオルヴィアだけではなく、みんなで同じお茶を飲むことになったのだが、私以外の全員がすぐに挫折した。

私も生薬とやらのとんでもなく苦くて渋いお茶は飲めなかったが、ハーブティーはわりと好きだ。特にミントティーはスッとする香りが鼻から抜けて、気持ちが落ち着くので今でも時々飲んでいる。安価ですぐに手に入るところもいいし、一口にミントティーといってもいろいろな種類があるのも面白い。

「ミントティーには胃腸の働きを整える効果もあるんですよ」

「へぇ。それはいい」

興味深そうに相槌《あいづち》を打ち、サディアスはカップに口をつけた。

そして渋いような苦いような、微妙な顔をする。

「嫌い、ではない」

「無理なさらないでください」

「いや、せめて一杯は飲むよ。胃腸の働きを整えるなら、なおのことだ。もうわかっているかもしれないが、恥ずかしいことに僕は生まれつき胃が弱くて、人の悪感情を食べると具合が悪くなってしまうんだ」

「悪感情というと、恐怖とか憎しみとか？」

「そうだよ」

巷に出回っている自身についての噂を全否定する衝撃的なことを言っているわりには、なんでもないことのように彼は頷いた。

「じゃあ、今まで無理をして食べていたということですか？」

「仕事だからね」

「そんな……」

いくら仕事だからって、体を壊してまでやるなんて本末転倒だ。

そこで私は、自分もまた彼に憎しみを食べてもらおうと思って訪ねてきた人間であることを思い出した。

「ごめんなさい、私……」

「謝る必要はない。むしろこちらこそ、謝るべきだ」

「どうしてですか？」

「勇気を出してここまで来たんだろう？」

サディアスの声が優しくて、私はとっさに言葉につまってしまう。

だって、こんなふうに労わってもらったことなんてない。

「勇気、だなんて、そんなものではないです。私が、弱いから、本当はただただ楽になりたかっただけで……」

「逃げ出したいほどつらいことがあったんだね」

頷いてしまいそうになって、私は頭を振った。

「いいえ、いいえ。私は家族を憎むべきではないんです。誰も私を苦しめようなんて思っていなくて、でも私はどうして自分ばかり我慢しなくちゃいけないんだって……逆らう勇気も力もないのに、諦めてしまうこともできなくて……だから消してしまいたいと思ったんです。本当は憎しみでいっぱいになることが恐ろしくて、醜い人間になってしまうのが嫌なだけ。それくらいなら何も感じない人形になりたかった。期待されるまま、望まれるままに、透明で完璧な私になれたら楽だろうと思ったんです。それに私よりも苦しんでいる人は、きっとたくさん……」

「君の苦しみは、君だけのものだろ」

とめどなくあふれる自分でも向き合っていなかった本心を遮って、サディアスは力強い声で言った。

「私、だけの……」

「他人の苦しみも、他人だけのものだ。それを君が勝手に決めて、比べることができるのかい？

苦しみが軽い者は苦しいと言う権利もないのかい？　違うだろう？」

なんだか痛いところを突かれたような気持ちで、私は押し黙った。

それと同時に目の奥がじんわりと熱を持つ。

どうして、私、泣きそうになっているんだろう。

ちょっと優しい言葉をかけられただけで泣きそうになるなんて、そんな弱い人間じゃないはずなのに。

「偉そうなことを言ってしまってすまない。僕は君に、自分自身のことや心を軽んじてほしくないと伝えたかったんだ」

「……サディアス様もご自身のことを軽んじているように見えます」

「それを言われると痛いな」

ふふふと上品に笑って、サディアスは深く椅子にもたれる。

そしてゆったりと目だけで私を見た。

「自分を大事にしない者同士だからこそ、遠慮なく言えるということでどうかな」

「それは、つまり……私たちは似た者同士？」

「たぶんね」

「じゃあ、お友達？」

「お友達からがいいなら」

「はぁ」

サディアスはクスクスと愉快げに笑った後、ふっと火がきえるように笑みを消した。そして憂いを帯びた目で、こう告白した。


「僕は偽物の悪食公爵なんだ」


ぽつりと呟くような声だった。

「本物の悪食公爵は僕の父でね。一昨年、亡くなってしまった。一族の感情を食べる体質は受け継いでいたけど、父と違って僕はとにかく胃が弱かった」

「感情もやっぱり胃で消化するんですか？」

「ほとんど普通の食事と同じ感覚だよ。味だってするし、匂いもする。腐りかけたものを食べれば腹を壊す」

「それでも食べなくてはならないのですね」

「ああ。そういう契約を祖先が国と結んだから。僕たちの祖先は魔物だったって話、聞いたことない？」

「いいえ」

でも信じる人は少なからずいるのだろう。

そうでなかったら、公爵に悪食なんてあだ名をつけて、怖がったりなんかしない。

「父は普通の食事の方が体になじむタイプだったから、どんな感情を食べてもそこまで影響を受けなかったけれど、僕は祖先の血が濃いみたいでどうにも駄目だ。好き嫌いが激しいんだな。それでも一族の仕事だからと割り切ってきたけど、あのざまさ」

「家のために頑張られたのですね」

「そうかな……できる限り努力はしたつもりだ。まぁ、自暴自棄だったのも認めるよ。いくら使命だからといっても、ただ生きていくことがつらくて煩《わずら》わしかった」

君の苦しみは君のものだと諭した時とは打って変わって、サディアスは憂鬱そうに目を伏せた。

自分のこととなると途端に自信がなくなり、弱気になってしまう感覚はよくわかる。

彼の言ったとおり、私たちは似た者同士なのかもしれない。

生きることをつらく煩わしいと感じていた彼の心を思い、私の胸も静かに痛む。

「やっぱり、君はいい匂いがする」

「それって、もしかして食欲的な意味で言っています？」

「そう。僕は好き嫌いが激しいから」

サディアスの手が伸びてきて、私の手をとった。

彼はプロポーズでもするみたいに私の手を両手でうやうやしく包み、真摯《しんし》な目でこちらを見つめた。

「さっき、君が僕を心配してくれた思いを食べたおかげでこのとおり体調も良くなった。だからしばらく、僕の食事に協力してくれないだろうか？　身勝手な頼みだとは重々承知しているし、もちろん礼もするつもりだ」

「私が？」

「たぶん君じゃないと駄目だ」

「たぶん、なんですね」

「じゃあ、絶対」

こけた頬に愉快そうな笑みが浮かぶ。

君じゃなきゃ駄目だ、なんて、そんなことを言われたら断れないじゃない。

でも私はこの人が苦しんでいるのを見た時から、なんとかしてあげたいと思っていた気がする。

「私でよければお手伝いいたします」

「ありがとう！　アマーリエ！」

今にも飛び上がらんばかりに喜ぶサディアスに、その代わりと釘をさす。

「サディアス様が元気になったら、私の心をすべて食べてください」

ぴたりと体の動きすべてを停止させ、彼は静かに尋ねた。

「それが君の望み？」

「はい」

最後にせめて誰かに感謝されたい。

それが元気になった彼であるならば、それ以上のものはない。

「……そうか。うん。わかった」

だからサディアスが頷いてくれて、真剣な瞳で終わりを約束してくれて、私は本当にうれしかったのだ。

【5】

何食わぬ顔で帰宅してしまえば、一人で公爵邸まで行ったことも、サディアスとの出会いも、約束も、すべてがひどく現実味がなくて、夢だったのではないかとすら思えてきた。

君じゃなきゃ駄目だ。という言葉が蘇《よみがえ》ってきては、胸がざわざわして落ち着かなくなる。

けれど、どうやってサディアスの食事に協力したらいいのかしら。

そう悩んでいると、サディアスは翌日正々堂々と迎えに来た。

母とともに慌てて玄関へ行くと、公爵家の家紋が入った立派な馬車から、やぁなんて気安く手をあげながらサディアスは現れた。

「トラレス公爵って、まさか、あの……」

隣でお母様が喘《あえ》ぐように言うのが聞こえた。

妹が王子に熱烈に求愛されたかと思ったら、今度は姉の方に悪食公爵が訪ねてくるのだから、母も災難だろう。

「事前の便りもなく訪問した無礼、どうかお許しください」

「ええ、それはもう驚いておりますけれど、どういった御用で……」

「実は先日のエフラー伯爵家でのお茶会でアマーリエ嬢と知り合い、意気投合したのです。彼女は私の仕事に深い理解を示してくれて、その人柄と聡明さに感銘を受け、私の仕事を手伝っていただきたく急ぎご挨拶にうかがいました」

「それは、えぇ、とても光栄ですわ……？」

理解が追い付かず、まさに目が点という顔でお母様はあいまいな返事をする。

「お母様、中へ入っていただきましょう」

いつまでも立たせていては失礼だと横から囁くと、気を取り直した母はサディアスを応接間へと案内した。

幸いオルヴィアは昼前から王子とピクニックに出かけている。

「ど、どうしましょう⁉　お茶はお客様用ので、カップは一番いいものを？　それだとギルバート殿下のために用意したカップが一番いいものですから、えっと」

「お母様、落ち着いてください。カップは私が選びますから」

「アマーリエ、あの方って本当に悪食と噂の……」

「はい」

ひぃと真っ青な顔でお母様はよろめいた。たたらを踏む足のヒールが、不規則な音を立てる。

彼女を近くの椅子に座らせ、なだめる。

「確かに恐ろしい噂のある方ですけれど、本人はとても親切で優しい方です」

「でも人の心を食べるんでしょう？」

「それはそうですけど」

「まさかアマーリエ、あなたも!?　昨日帰ってきてから、ぼんやりしていると思ったけれど……！」

「ち、違います！」

違わないけれど、お母様が想像しているような食べられ方はしていない。

強く否定する私に彼女は、はぁと安堵《あんど》のため息をついて、ぐったりとテーブルにつっぷした。

「ごめんなさい、アマーリエ。少し頭を整理させてちょうだい」

「ええ、公爵様の対応は私に任せてください」

「ごめんなさいね。ああ、お父様に急いで使いを出してどうするか聞かなくちゃ……」

「お父様に使いを出すのは、後からにしましょう。お父様もすぐにお返事できないでしょうから」

「そうかしら……お怒りにならないかしら？」

「その時は私からちゃんと説明しますわ。だから落ち着くまで、お休みになって」

これで父に伝わるまでの時間稼ぎはできた。

予想外の出来事に弱い母を言いくるめ、もといなだめ、私は応接間へ急いだ。もちろんカップはギルバート殿下用のではない、その次に良い物を出すように指示を出している。

上がった息を無理やり整え応接間に入ると、サディアスは長い手足を縮めるように小さくなって座っていた。

「急に訪ねてきてしまって、本当に申し訳ないと思っている」

昨夜はしっかり眠れたのか、目の下のクマも薄い。それだけでかなり印象が違って見える。

彼の申し訳なさそうに下げられた眉に同情を誘われ、私はゆるゆると首を振った。

「私も昨日は連絡なしに押しかけた身ですから、お互い様です」

「そう？　じゃあいっか」

あっけらかんと開き直って、サディアスは私に座るように促す。

さすが唯一の能力を持った歴史ある公爵の当主様というべきか、見た目のわりに図太いというべきか。

すっかり彼のペースに呑まれてしまったけれど、気安い態度で接されるのは嫌ではない。こちらも気を遣わなくていいし。

「母はすっかり動転してしまったので、後から挨拶にうかがうと思います」

「悪いことをしてしまった。お母様は気が弱い方？」

「いいえ。でも予想外のことには弱いです。特に父がいない時は」

「なるほど。アドラー伯爵、御父上にはちゃんとお目にかかったことはないけれど、仕事のできる厳しい方だと聞いたことがある」

仕事の評判をまず言われたのは初めてだ。だいたいみんな、私を前にすると仕事での姿よりも、愛妻家とか家族を大事にする父親としての評価を口にするから。

正直、うんざりするけれど、相手だってお世辞のつもりで言っているのだから、こちらも決まりきった文句を笑顔で返さなくてはならない。たまに本心からうらやましいと思っていたり、褒める意味で言ってくる人がいるから、そういう時は本当に困ってしまうのだけれど。

「ああ、そうか。御父上か」

「え?」

得心がいった顔でサディアスは頷いた。

「それで今日、こうして訪問させてもらったのはさっそく頼みがあってなんだ」

「え、あ、はい! 何でしょう?」

何か今、ごまかされたような。

そう思いつつも、頼みと言われて私はわずかに前のめりになった。

「とても恥ずかしい話なんだが、食事をさせてもらいたくて……」

昼食を食べてきていないということだろうか。

と的外れなことを一瞬思って、すぐに彼の食事が特殊なことを思い出した。

サディアスはとてもバツが悪そうに、手を開いたり閉じたりしながらこう続ける。

「多少の空腹は慣れているし、食欲なんてないことの方が多いんだけれど、昨日から空腹が我慢できなくて来てしまった」

「もしかして昨日のあれから何も食べていないのですか？」

「うん」

「大変！」

せっかく体調改善の兆しが見えてきたのに、食事をとっていないとあっては一大事だ。

食事の協力をすると安請け合いしてしまったが、私が思っていたよりもサディアスの食事事情は逼迫しているらしい。

「えっと、近づいた方がいいかしら」

「そのままで。僕がそちらに行くから」

腰を浮かせた私を制して、サディアスは立ち上がった。

彼はまるでこちらを怖がらせまいとするかのようにゆっくりと慎重に近づいてきて、私の目の前でひざまずく。

「手を」

言われるままに手を出すと、彼の骨ばった白い手で包み込まれた。

まるで求婚のポーズみたい。そう思うと心臓がドキドキして、サディアスにまで聞こえてしまうのではと心配になる。

「何か楽しいことを考えて」

「楽しいこと……」

「好きなこと、やりたいことでもいい」

急にそう言われても。

視線をうろうろとさまよわせて何かないか考えていると、目の前にひざまずいた彼の頭が目に留まった。

栄養が足りていないからか、髪の毛はパサついている。

髪の艶《つや》を出す香油を塗ったら、きっと青みがかった輝きももっと強くなって、月の光のように見えることだろう。

オルヴィアが幼かった頃、おままごとの延長でせがまれてよくやってあげていたことを思い出す。サディアスの髪色とは真逆のふわふわとした金色の髪に香油を軽く塗って、櫛《くし》でゆっくりと梳くのは楽しかった。ベッドの上に道具を広げて、香油の入った瓶を陽に透かすとキラキラと琥珀のように輝いて、幼い私たちにはそれがとても価値のある宝に見えた。

思い出の中の瓶《びん》の輝きと似た、サディアスの瞳が淡く光ったように見えた。

するすると手のひらから水がこぼれていくみたいに、何かが私の中から流れていく。

楽しいことから連想された記憶は、懐かしさと愛おしさと少しの切なさを伴って、サディアスの口へと吸い込まれていった。

ごくん、と尖った喉仏が上下する。

「ご馳走様。楽しいこと、素敵なことを思い出したのかな」

「わかるのですか？」

「なんとなく味とか匂いでわかるんだ。気分は？」

「大丈夫です」

かすかな空虚はあるが、気分が悪いとか悲しいとかはない。

「何を考えていたの？」

「……サディアス様の髪の毛に香油を塗ってあげたいなと」

「僕の？」

サディアスは驚いて目を見開く。また少し頬に血の気が戻ったようだった。

「ええ。それから妹にもよくしてあげていたことを思い出していました」

「妹とは仲がいいんだね」

「はい」

最近はギルバート殿下のことがあるから、あまり話せていないけれど。

「今ので足りましたか？」

「もう少し食べられそうな気がする」

「すごい！」

じゃあ、もっと食べてくださいと自ら手を重ねると、サディアスの体がちょっと跳ねた。

「どうかされましたか？」

「いや、大丈夫……」

彼はぎこちない動きで、私の両手を包みなおす。なんだか少し顔が赤い気がした。

「次は今不安なことを考えて」

「でも、それじゃ美味しくないいんじゃ……」

「君の不安ならきっと美味しいよ」

不安が美味しいなんて、変な話だ。

でもそれが嬉しいなんて、もっと変な話だ。

私は言われるままに、不安なことについて考え始めた。

やはり不安なのはオルヴィアのことだ。殿下は本気みたいだからこのまま結婚することになるのだろうけれど、彼女に王宮は合うのだろうか。ちゃんと殿下はオルヴィアを守ってくれるのだろうか。

そして父のこと。自分のこと。父は私に婿をとらせるつもりでいるし、私ももうあきらめているけれど、本心はやっぱり嫌だ。サディアスのことも何と言われるかわからないし。

ああ、後でお父様に使いを出さなきゃいけないんだった。

お母様には私が責任をとりますみたいなことを勢いで言ってしまったけれど憂鬱だ。いくら叱られ慣れていても、怒気を叩きつけられた時のひやっとする感覚はいつまで経っても慣れない。

心臓の裏側がざわざわし始めると同時に、サディアスの唇が開いた。

もやもやとした不安が瞬く間に消えていく。

頭と胸のあたりを占領していた重たいものがなくなり、思考がすっきりとしていた。

「これはこれで味わい深い……」

「美味しかったですか?」

「自分でも意外なことに、するっといけた」

「よかった!」

「アマーリエには不安なことがたくさんあるんだね」

「そうかもしれません。特に今はいろいろあって……」

「君が望むなら、いくらでも食べてあげる」

「それはありがたいですけど、食べすぎはよくないですよ。それにどうせなら本当に美味しいと思えるものの方がいいに決まっています」

「別にいいのに」

ほんのり残念そうな顔で、サディアスは隣に腰掛けた。

「美味しいうえに、胃が痛くならない食事って素晴らしいな」

「普通はそれが当たり前なんですよ」

「そうなんだ……」

もう一度そうなんだと呟き、彼はゆっくりと瞬きをする。

「でも明日からはどうしましょう？　私がお屋敷にうかがえればいいんですけど、父に説明してわかってくれるか……」

「心配しなくていい。お願いしているのはこちらなんだから、面倒なことは僕に任せて」

「本当に大丈夫ですか？」

「もしかして頼りないって思ってる？」

「え、そんなことは」

「思ってるんだ……」

笑ってごまかすと、ふてくされた顔でサディアスは立ち上がった。

「実力を示して認めてもらうしかないな」

そう薄い胸を張る姿はやっぱりちょっと頼りなくて、私は失礼だけれど笑ってしまった。


けれどサディアスが頼りないのは見た目だけだった。

腹が満たされ活力を得た彼は、公爵という身分と権力、意外と柔らかい人当たりを駆使して、まずは母と仲良くなってしまった。あんなに動転して顔を青くしていたお母様は、サディアスが帰る頃には「とってもいい方ねぇ」なんてコロッと態度を変えていた。そういうちょろいところがお母様の悪いところでもあり、良いところでもある。

そして一番問題の父だが、こちらも難なく彼は説得してしまったらしかった。

サディアスはわざわざ仕事が片付く時間を見計らって父を捕まえ、そのまま私が彼の仕事の手伝いをすることを了承させてしまった。

ということをいつもより遅く帰宅した父から知らされ、それはもうびっくりした。

私からすれば取り付く島もない恐ろしい父だけれど、歴史ある公爵の彼にはさすがに逆らえなかったらしい。年下の公爵に丸め込まれた父は、それはもうたいそう不機嫌そうだったが、縦社会の序列は守るようだ。

下品な言い方だけど、ちょっといい気味だと思ってしまった。

　こうして思いがけない行動力と実力を宣言通り見せつけ、サディアスは私が毎日彼の屋敷に通ったり、一緒に行動したりすることを周囲に認めさせてしまった。

　しかし私はまだ彼の言う実力というものが、すべて発揮《はっき》されていないことを知らなかったのである。

【6】


「なぜ、王宮に」

「思いがけず体調が回復したから、後回しにしていた仕事を片付けようと思って」

昨日の今日でさっそく連れ出された私は、サディアスの馬車で王宮に向かっていた。

王宮で仕事を片付けつつ、昼食もとろうという考えか。

つまり。

「お弁当？」

「違う！　薬！　回復薬！」

「そこまでの効果が私にあるんでしょうか」

というか急に王宮に連れていかれる側の気持ちも考えてほしい。

いくらサディアスにくっついていればいいといったって、私は彼の婚約者でもないし、職業婦人でもない。粗相《そそう》をしない自信はあるが、相応《ふさわ》しい振る舞いができるかどうかは別だろう。

「大丈夫。君は不安も美味しいし。あ、食べていい？」

「……どうぞ」

なんだか適当にあしらわれた気もするが、求められるままに手を差し出す。

彼は手の甲に額を近づけ、私の不安を吸い取り、食べた。

すうっと不安が消え去り、穏やかな心地が戻ってくる。

早くもこの感覚に慣れつつあるのか、喪失感も空虚さもたいしたものではないなと思い始めている自分がいる。

「うーん、ほんのりスモーキーで、ひんやり。これは酒が飲みたくなる風味」

人の不安を酒のお供にしないでほしいし、なんなら本人は偽物だと言っているけれど、十分悪食公爵らしい発言ではないか。

まぁ、本気で嫌だとは思っていないから問題ないのだけれど。


王宮に来たのは人生で二回目だ。一回目は十二の時、父に連れられて書類上の手続きをしにきた時。あまり良く覚えてはいないが、あの時も凄く緊張したのは覚えている。

そういえば帰りにどこかへ寄ったような……。

思い出の中をさまよっていて気が付くのが遅れたが、どうやら私たちは随分と王宮の奥に案内されているようだ。

入り組んだ構造の廊下を曲がって、明らかに入ってはいけなさそうな扉をくぐる。

そのたびにすれ違う侍女や役人たちが、サディアスを怖がって、明らかに目線を逸《そ》らしたり、遠巻きに何かを囁くのが気になった。

確かにサディアスの見た目はまだまだ健康的というには程遠く、世に出回る悪食公爵の噂しか知らないなら怖いかもしれないけど、ここまで不躾な視線を向けることないじゃないか。彼は一生懸命に自分の責務を果たしているというのに。

そこまで考えて、はっと乙女の心を丸呑みにするという噂もあったことを思い出した。

まさか若い侍女たちがこそこそ隠れるのは、自分たちの心を食べられてしまうかもしれないと思っているから？

な、なんですって……。サディアスが美味しく食べることができるのは、私の感情なのであって、若い女だからといってそこらの侍女をつまみ食いするわけないじゃない！

見当違いな方向へ怒りが向いていることに自分でも気付かないまま、私は行く先々で現れる悪食公爵を恐れる乙女たちに謎の闘志を燃やし続けたのであった。

「アマーリエ、君、何か怒っている？」

「……いいえ、別に」

それにしても後回しにしていた仕事って、それこそ書類仕事だとばかり思っていたけれど、このままじゃ国王陛下にお目通りできそうな勢いだ。

——などと思っていたら、本当にそうだった。

う、嘘でしょ……。

どうしよう、今日のドレス変じゃないかな。

お気に入りのグリーンのドレスを着てきてしまったけど、失礼な色とか入ってないよね？

家を出る時はサディアスが似合っていると思ってくれるかどうかしか考えていなかったから、これを選んだのに！

恨めしい思いで見上げると、なぜか赤い顔をされた。

なぜ赤くなる。

緑の私に合わせて、赤くなってみた的なことだろうか。

そんなわけないか。

国王が現れる合図に、その場にいた者は皆一様に低く頭を下げた。私はサディアスよりも数歩後ろで、壁際に逃げたい気持ちをこらえていた。金属の装飾が揺れる音、重たい衣擦れの気配の後、頭を上げるよう声がかかる。

「久しいなサディアス」

「はい。ご無沙汰しております。私の体調がすぐれず陛下にはご迷惑をおかけいたしました」

「その様子だと少しは良くなったようだ。最後に見たお前といったら、死人のような顔だったからな」

「お恥ずかしいばかりです」

陛下の紫の瞳が、私へ向けられた。

目じりの深いしわが、何やら愉快そうな形を刻む。

「そちらの女性は？」

「アマーリエ・アドラー伯爵令嬢です。私の特別な女性です」

な、何言ってるの⁉

ここが陛下の前じゃなかったら、誤解させるような言い方をしないでくださいと遮っていただろうに、残念ながらそういうわけにもいかない。

目だけで非難の視線を送る私に、サディアスは悪戯《いたずら》が成功した子供みたいに笑った。

「冗談です。彼女の感情を食すことは、私にとって妙薬を口にすることと同義なのです」

「ほう。それはまさしく特別な女性だな。お前の好き嫌いには、マーカスも手を焼いていたものだが」

「その点では、本当に父にも陛下にもご心配をおかけしました」

「いい。残念なことにマーカスはこの場に居合わせることができなかったが、これからのトラレス公爵家は安泰だろう。今日、お前の顔を見て、私は確信したよ」

「ありがたきお言葉です」

「して、アマーリエ嬢よ」

「はい」

びっくりして声が裏返りそうになってしまった。

「貴殿の妹に、息子が世話になっているようだな」

オルヴィアのことに触れられ、場に緊張が走る。

父が言うには、陛下もオルヴィアのことを悪く思っていらっしゃらないらしいけれど。

「私の妹の方こそ、ギルバート殿下に本当によくしていただいております」

「アドラー伯爵は良い娘たちを持ったな」

「ありがとうございます」

国王から良い娘だと褒められたのは本当に光栄だ。

けれどついでに父の評判までがあがったことは正直複雑だ。喜ぶべきことなのだけれど。

「では、またなサディアス。次に会う時は、良い報告が聞けそうだ」

「そうなればよいと思います」

良い報告ってなんだろう。元気もりもりになって、胃も良くなりました！　とか？

陛下は再び重たそうな装束を引きずり、のしのしと去っていった。その背中が見えなくなってどっと疲れが襲ってくる。

き、緊張した……。

「緊張の味って酸っぱいんだよね」

「サディアス様！」

「ごめんごめん。でも国王陛下はいい方だっただろう」

お帰りはこちらから、と入ってきたのとは別の扉を示される。

「サディアス様は個人的に陛下と親しいのですか？」

「父が陛下の良き相談相手、というか精神面でのサポートをしていたんだ。おもに若い頃の話だけど」

あいまいな言葉でぼかしたが、つまり陛下も若い頃は不安な気持ちとかを、サディアスの父、先代の悪食公爵に食べてもらっていたのだろう。

国王陛下でもやっぱり怖いとか、つらい気持ちをなくしてしまいたいと思うのだな。

それができてしまうのなら、なおさら。

じゃあ、感情を食べる側のつらさは誰が取り除いてあげるのだろう？

「トラレス公爵！」

後ろから追いかけてくる声に、私たちは足を止めた。

ギルバート王子が小走りにやってくる。

金髪が窓から射す光を反射して、キラキラと輝く。

父親である国王に比べると為政者としての重みはないが、目をひかれる存在感がやはり彼にはあった。

「ああ、礼は必要ない。呼び止めたのはこちらだから」

「ありがとうございます」

「ずっと体調がすぐれなかったそうだが、少し良くなったようだな。あなたの体は王宮の治癒師でも治せないものだったが」

王宮の治癒師でも治せない?

驚きで目が見開かれる。

「はい。こちらのアマーリエ嬢のおかげです」

「やはり、隣にいるのはアマーリエ嬢だったか。後姿を見てそうではないかと思ったんだ」

ギルバート王子は国王と同じ紫の目を親しげに細めた。

「妹には大変目をかけていただきまして……」

「オルヴィアは本当に素敵な子だよ。君のことも素敵な姉君だと、よく話してくれるんだ」

ところで、とやや声を潜め、殿下は真剣な表情をする。

どうしたのだろう。

何か大事な話が、とこちらも身構える。

「オルヴィアの好きなものを教えてくれないだろうか？」

結局、オルヴィアかい。

いけない、つい言葉を選ばずつっこんでしまった。

「花でも宝石でも色でもいいんだ。なかなか彼女を心から喜ばせる贈り物がわからなくて」

「オルヴィアはきっと贈り物よりも、殿下と一緒に外へ出掛ける方が喜びますわ。あの子は最近まで、外に出ることも禁じられていましたから」

「……そうか」

何かをかみしめる殿下に、サディアスが問いかけた。

「失礼ですが、殿下は今度の夜会で求婚なさるおつもりでは？」

失礼ですがと前置きしても、なかなかに直球な質問だ。

近く予定されている夜会といえばいくつかあるが、サディアスが言っているのはおそらく王家が催すものだろう。

確かに求婚するには良いシチュエーションかもしれない。

殿下も少し面食らったようだったが、すぐにぐっと顎をひいて真面目な顔つきになった。

「もちろん、その考えがなかったわけじゃない。彼女は本当に可憐《かれん》で、天真爛漫《てんしんらんまん》で、まさに妖精だ……できることなら、ずっと私の手で守ってやりたい……。しかし伯爵はオルヴィアも元気になったばかりだから、もう少し好きなように家で過ごさせてやりたいと……」

自分が手放したくないのでは、とはさすがに誰も言わなかった。

我が父ながらやや気持ち悪いというか。

いや、それは私の主観が強すぎるからかもしれないけれど、でもやっぱり少し気持ち悪いです、お父様。

「そうだ！　今度の夜会では、私がオルヴィアをエスコートし、サディアス殿がアマーリエ嬢をエスコートするのはどうだろう。アマーリエ嬢ももうオルヴィアのそばに付きっきりでいる必要はないのだろ？」

「それはそうですけど、サディアス様のご迷惑に」

「いいえ。実は申し込もうと思っていたのです。アマーリエがよければ、エスコートさせてほしい。こんな陰気な男では嫌かもしれないが……」

「そんなことはありません！」

ああああ、勢いでエスコートを受けることになってしまった。

またお父様の機嫌が……。

不安と憂鬱と少しの期待が入り混じって、胃が重たくなってくる。

と思ったら何か抜けていく感覚があって、暗い気持ちだけがきれいさっぱりなくなった。

横を見上げると、サディアスの口がもぐもぐ動いていた。

「食べました？」

「食べてないよ」

「嘘おっしゃい！　もう！　そんな暗い気持ちを食べても美味しくないでしょう⁉」

「アマーリエのなら美味しいよ」

そんなわけないでしょうに。

腕を摑んで抗議する私に、私の不安をすっかり飲み込んだサディアスはからからと笑った。

【7】


不安だった父の反応は、思っていたよりもあっさりとしたものだった。

トラレス公爵家に私が手伝いとして通っていることは相変わらず気に入らないようだが、公爵家からの頼みだし、つながりが持てるのは悪いことではないと合理的に割り切ってもいるらしい。

お叱りはないけれど、勝手なことをするなという非難めいた視線は感じる。

だから私は父を無視している。

向こうが何も言わないのに、悪いと思ってもいないのに、こちらから謝るというのも変な話だろう。

少し前までだったら居心地の悪さに耐えかねて、こちらが悪かろうと悪くなかろうと謝って「仲直り」をするのだが、今回はそういう気にもならなかった。

父はとにかく自分がいないところで、大きな物事が決まったり動いたりすることが嫌いな人なのだ。

そのうち心がなくなれば、いくらでも謝るし言うことを聞くのだから、最後くらい好きなように過ごしたってバチはあたるまい。

なんだか私、いつの間にか随分と図太くなったみたい。

他の家族はどうかというと、二人ともほぼノータッチだ。

母はオルヴィアのことで忙しいのもあるし、わざわざ首を突っ込んで面倒なことになるのが嫌みたい。

オルヴィアも殿下に外に連れていってもらっては疲れて帰ってくるから、家庭内情勢はよくわかっていない。

いくら元気になったからといっても、外で過ごし慣れていないせいでクタクタになって帰ってくるのは少し心配だ。

この間話をして思ったけれど、ギルバート殿下には結構強引なところがあるようだ。

そうなると家にいるより、公爵家で過ごす方が心地よくなってくる。

サディアスはいつも私を大事にしてくれるし、使用人の人たちもみんな、気持ちのいい人たちばかりだ。代々仕えている使用人が多いのは、家の気風が良い証拠だと聞いたことがある。

メイド長のマーサも、私のためにいつもミントティーと甘いお菓子を用意して、言葉はないけど歓迎されているのを感じる。

だから私もできるかぎりサディアスの食事に協力している。

最近では彼もかなり体調が回復し、仕事を再開している。

そしてその手伝いも、私は任されるようになっていた。

具体的には誰がいつ来ても応じるという形態をやめさせたのだ。

最初サディアスは少し渋ったが、せっかく回復しつつあるのだから、胃を痛める食事は控えてほしいと頼むとすぐにわかってくれた。

以来、事前に手紙を送ってもらい、こちらから日時を指定した客しか応対しないことになっている。

切り替えてすぐは不満を唱える人もいたけれど、公爵様の健康のためです！ の一点張りで追い返し続けたらかなり減った。それでもいまだに文句を言う人がいるのだから、まったく人の健康を何だと思っているのだろう。

「アマーリエ様が手伝ってくださるから、サディアス様の無茶もめっきり減って、私たち使用人も安心しているんです」

マーサは薬と水の載ったおぼんを私に渡しながら、にっこりと微笑んだ。

いつも柔らかく微笑んでいる彼女の目じりには、素敵な笑いじわが刻まれていて、見るたびに心がほっとする。

「やっぱり私が来るまで、サディアス様はかなり無茶を？」

「はい。先代の公爵様のやり方を意固地に真似して……」

「サディアス様のお父様は体が丈夫でいらしたのね」

「どうでしょうねぇ……。確かにサディアス様と比べればかなり丈夫でしたけれど、奥様を亡くされてから暴飲暴食が増え、それが災いしてか長生きはされませんでしたから」

そのやり方を真似すれば、胃の弱いサディアスが体調を崩すのは当たり前だっただろう。

「ですからアマーリエ様がサディアス様のやり方を変えてくださって、私たちは本当に感謝しているのです。私たちでは耳を貸してくださらないですし、変えることができたとしても不満のある方をあんなふうに追い返すことなんてできませんから」

「まぁ！　その言い方だと、私が恐ろしい女みたい」

「まさか！　アマーリエ様ほど可愛らしくて美しいお嬢様はいません！」

冗談を言い合い、私たちはどちらともなく笑った。

もともとサディアスの乳母《うば》をしていたこともあって、マーサは本当に主思いの良い使用人だ。

マーサから受け取った薬と水を持って客間に入ると、ソファにぐったりと横になっているサディアスがいた。

やぁと力なく手をあげる顔色は悪い。

先ほど予約の客を一人片付けたばかりだからだ。

「お薬は飲めそうですか？」

「飲む」

だるそうに呟き身を起こすと、サディアスは薬を手に取り胃へと流し込んだ。

その容姿は驚くほどに変化していた。

髪には艶が戻り、骨ばっていた手足にも多少の肉がついている。落ちくぼんでいた眼孔も、不健康そうなクマもすっかり治って、もとの整った顔だちがはっきり見てとれる。まだ痩せすぎの範囲内だが、かなりの変化だといえるだろう。

「あそこの男爵はいつになったら浮気をやめてくれるのかなぁ。夫人もいい加減諦めて別居すればいいのに……」

先ほど帰っていった女性についてだろう。

「どこかで会ったら性欲を食べるか……うぇ……」

想像だけで気分が悪くなった様子でサディアスは顔をしかめた。

感情を食べない私でも、好色な男爵の性欲とか、ちょっと遠慮したい。

「嫉妬や憎しみはどんな味がするんですか？」

「どんな味……」

ぼんやりと空を見つめ、サディアスは唸《うな》った。

「脂ぎった肉とか……味の濃すぎるレバー……」

「それはつらいですね……」

私も実はレバーが苦手だ。そのレバーにこってりと味がついたものを無理やり食べなくてはならないところを想像しただけでつらい。

「父やその前の公爵たちの味覚だけは一生理解できないな」

そうしみじみ呟く横顔はどこか寂しげだ。

「悪食公爵の恐ろしい噂って、ほとんどがサディアス様のお父様やその前の方々がもとになっているんですね」

「今までの当主がみんなそうだったわけではないらしいけれどね。父はまさに悪食公爵そのものみたいな人だった。恐怖はどんな酒よりもきつく、かぐわしいなんて言って回っていたし、憎しみを好んで食べていた」

サディアスとは本当に正反対の人物だったようだ。

「だから最後まで僕と父はお互いを理解できなかった」

「……悔しくはありませんでしたか？」

「どうかな……もう忘れた」

まどろむようにゆっくりと瞬きながら、サディアスは平坦な声で言う。

親に理解されない気持ちも、親を理解できない気持ちも、少なくとも私は知っているつもりだ。

悔しくなかったわけない。

悲しくなかったわけがない。

だって親子という関係は唯一のもので、自分という存在から切り離すことができないものだから。

「アマーリエは悔しいんだね。御父上に理解してもらえないことが」

初めて踏み込んだ質問をされた。

それだけ親密になったと向こうも感じているのだろう。

琥珀色の美しい瞳が、嫌なら言わなくていいと優しく言っているようだった。

「父のことを考えると、いつも上手く考えがまとまらなくなるんです。怖いけれど、逆らいたくて、認めてほしいけれど、いまさら認められても余計に腹が立つような」

「複雑だね」

「そう、複雑なんです」

「僕もだよ。父は本当は僕のことを嫌っていたんじゃないかと、今でも思う。母は僕を産んで死んだから」

「そんな」

「時々思い出すんだ。父の目を。突き刺すようなあの視線を。初めて憎しみを食べて吐いてしまった僕を見た時の、落胆した顔」

「サディアス様……」

「正直、父がいなくなってほっとした。でも今度は父の影がちらついて、気が付けば意地になって父の真似をしていた。そんなことをしても意味がないとわかっていても、何を目標にすればいいのかわからなくて、闇雲に求められるまま食べていた」

「でもサディアス様に救われた人はたくさんいます。どうしようもない心を軽くしてもらった人たちが、きっとたくさん」

私もその救いを求めてきた一人だった。

けれど今も彼に救われたいと思っているのだろうか。

どうしようもない心をなかったことにして、それで私は何を解決するつもりだったのだろう。

私は自分の足でどこにでも行けることを知った。

誰かの役に立てることを知った。

そのためにいつもより少し強くなれることを知った。

サディアスが元気になったら、私はどうなるのだろう。

心をなくすことができるとして、私は大人しくこれまでのアマーリエに戻ることを選べるのだろうか。

「ありがとう」

思考の海に沈む意識が、優しい声に引き戻される。

サディアスは暗く沈もうとする私に、こう続ける。

「君に会えてよかった」

喉がきゅっと痛くなって、目頭が熱くなる。

「私こそ」

気が付くとそう呟いていた。

「私こそ……」

それ以上言葉にすると泣いてしまいそうで、私は何も言うことができなくなってしまう。

サディアスはそんな私を受け入れるように、ただただ横にいてくれた。

【8】


父との冷戦は継続されたまま、王家主催の夜会の日になった。

先にオルヴィアたちが、次に私たちが入場する予定になっている。それぞれのエスコート役の準備が整い、順番になるのを待っている状況だ。

待機している馬車の中からでも、中の盛況が伝わってくる。

なんといっても王妃が主催者なのだ。場所だって離宮の一部だし、この日を待ちわびていた人も多いだろう。

だというのにオルヴィアの可憐な顔は、不安に曇《くも》っていた。

「お姉様以外の方と一緒に入るなんて初めて。すごく変な感じだわ」

「オルヴィア、そんな顔しないで。殿下がぜひあなたと一緒にと言ってくださったのよ」

「そうよね。そうなんだけど……」

「大丈夫。あなたはこの世で一番可愛い私の妹だもの。本当に怖くなったら、私の後ろに隠れちゃえばいいのよ」

前髪を指先で整えてやると、ようやく笑顔が現れる。

王子様に見初められて、なんだか遠い存在になってしまったように感じていたけど、オルヴィアはオルヴィアのままだ。

「今日のお姉様も、本当に素敵」

「あなたもね、オルヴィア」

扉がコンコンとノックされる。

オルヴィアは一瞬身を硬くし、それから意を決して、馬車から降り立った。

彼女の歩く先に着飾ったギルバート殿下がいる。

白と紫を基調とした装束の殿下と、淡い紫のドレスで合わせたオルヴィアが並ぶと、まるで御《お》伽噺《とぎばなし》から王子と姫が抜け出してきたかのようだった。

殿下が耳元で何かを囁き、オルヴィアが照れた様子でうつむく。

彼らは手を取り合い、会場の眩い光の中へと進み始めた。

ぼんやりと二人の後姿を眺めていると、再びのノックで我に返る。

はっと目を覚ますと、私の前には信じられないほどに美しい青年が立っていた。

青みがかった銀髪は月の光を集めたかのよう。琥珀色の瞳が会場から漏れ出す光にゆらゆらと光って、まるで黄金を溶かし入れたようだ。

白を基調としたシンプルな盛装だが、それが余計に彼を引き立てている。

彼は、サディアスは、苦笑しつつ手を差し出してくれる。胸元の金の鎖が涼しげな音を立てた。

いつまでも私が出てこないから、馬車まで迎えにきてくれたのだ。

「ご、ごめんなさい」

いそいそと手を取り、馬車から降りる。

せっかくサディアスがエスコートしてくれるというのに、私といえば見とれてばかりで恥ずかしい。しっかりしなくちゃ。

慌てて馬車から降りようとする私がこけてしまわないように、サディアスは腰に手を添えて支えてくれる。

ひょろひょろしていて頼りなかった姿はもう思い出せないほどに、彼の手は力強い。

骨っぽく節くれだっていた手だって、今やしっかりと大きい男性の手なのだ。

もともと色白だったのでいまだに血色だけは良いとはいえないけれど、青白く整った顔は非の打ちどころがなかった。

サディアスは私の全身をさっと見て、とろけるような笑みを浮かべる。

「凄く綺麗だ」

「あ、ありがとうございます。サディアス様も、素敵、です」

どぎまぎしながら答えたせいで、変な片言みたいになってしまった。

サディアスは私の耳の上に差した花に触れ、クスクスと笑う。そして私のドレスに再び視線を落とした。

「やっぱり僕も青い服でくればよかったかな」

オルヴィアと一緒に選んだ淡い青のドレスを着ていくことは事前に知らせていたけど。

「それって婚約している人たちがすることでは？」

「……駄目か」

「駄目ですよ」

婚約していると勘違いされてしまう。

でも、青い服のサディアスもきっと素敵だっただろうな。もはや彼が着て似合わない色があるだろうか。いや、ない。

というかここまで綺麗な人だとは、さすがに思わなかった。

最近会うたびに、あれ、この人、相当格好いい、いや美しいな⁉　とは思っていたけれど、今夜は特に凄い威力だ。

彼を隅々まで磨き上げ、仕度を手伝ったマーサのやりきった顔が浮かぶようだ。

「君に釣り合う男になれているといいけど」

いやいやいや……。

「私こそ、サディアス様に釣り合っているのか……」

「お互い不安なのは相変わらずだね」

ふふふと笑うサディアスにつられ、肩の力が少し抜ける。

見た目はすっかり絶世の美男子だが、彼は私のよく知るサディアスなのだ。

「お手をどうぞ、アマーリエ」

差し出された腕に、そっと手を乗せる。

そうして私たちも、眩い光の中へと歩き出した。


最初、私たちに向けられていた視線はそう多くなかったように思う。

みんな殿下とオルヴィアに夢中だったから。

まず声をあげたのは女性たちだった。

眩く輝くサディアスの存在に気が付いて、あの殿方は誰なの？　あんな素敵な方いたかしら？

と囁きあう。

その囁きは水面に広がる波紋のように、どんどんと広がっていく。

人々は興味を惹《ひ》かれ、一人、また一人とこちらに視線を向けた。

「あれは……」

誰かが囁く。

「トラレス公爵ではないか？」

「トラレス公爵って、まさか悪食公爵⁉」

「嘘！　あんな美しい方でしたの？」

「息子が継いだが、体が弱くて社交界には出られないと聞いていたが」

「なんて素敵な方なの……」

この人がここまで元気になったのは、実は私のおかげなんです！　と自慢して回りたい気分だ。

私のおかげというか、ちゃんと食事が取れれば治るものだったから、自慢するのも変な話かもしれない。けれど、でも誰でも飛び込みで対応する形態を変えて予約制にしたり、失礼な人を追い返すために頑張ったりしたのは事実だから、やっぱり自慢に思ってもいいはずだ。

そう開き直ると、本来のサディアスの魅力に人々が気が付いて、驚愕しているのが面白くてしかたない。

そりゃそうだ。

私もびっくりしたもの。

「みんなサディアス様の話をしてますね」

笑みが抑えられずニコニコと話しかけると、サディアスは少し困ったように頷く。

「怖がられるのはいいけど、これはちょっと慣れないな」

「じゃあ早く慣れましょう。今のサディアス様に見とれない人なんて絶対にいませんから！」

「アマーリエも？」

「何を言ってるんですか！　さっきから気を抜くとサディアス様の眩しさにやられて消えそうな心地なんですよ、こっちは」

「それは言い過ぎだよ……」

何を言うか。私はオルヴィアという妖精と見まごう妹に慣れているから、なんとか隣にいても耐えられているというのに。

「もし本当にそうだとしたら、全部、アマーリエのおかげだ」

「ぐぅ……！」

眩しすぎる笑みに、変な声が漏れる。

毎日会っていた時は徐々に変化していたからきっと耐えられていたのだ。しかし盛装した今夜のサディアスは威力が高すぎる。

初めて会った時、お爺さんかと勘違いした自分が信じられない。

「でもアマーリエを見ている男たちも、かなりいるみたいだ」

「まさか」

「嘘じゃないんだけどな」

私なんか見慣れているだろうに。

主にオルヴィアの横にくっついている小うるさい姉として。

それともついに夜会の妖精姫が王子にさらわれてしまって、お前は何をしていたんだとお門違いな気持ちをぶつけてきているのかも。

「緊張してる?」

「本当はわかっていて聞いていてらっしゃるんでしょ?」

感情を食べる彼が、味や匂いで人の心をある程度読めることは、一緒に過ごすうちにわかっていた。

「どうかな。何もかもはわからないよ。だってアマーリエの心は、アマーリエだけのものだから」

サディアスは相変わらず、私にとって嬉しいことを何でもないことのように言う。

今なら彼の言葉にどうして泣きそうになってしまうのかわかる。

私は私が自分のものだと思えたことがなかった。

私の人生も心も、私の自由にはできないものだと思っていた。

だからサディアスの言葉が嬉しかった。

存在を認めてもらえた気がした。

目の表面がうるむのを必死に我慢して、私は凛《りん》と顔をあげた。

きっとどこかから両親も見ているだろう。

いつも目立たず、言いつけ通りにしか動けないつまらない女だと思っていた連中も。

彼らに宣言するように、私は微笑む。

サディアスの隣にいること。

これだけは私が自分で選んで、摑んだものなのだと。


主催の王妃からの挨拶も終わり、滑るようにファーストダンスのためのワルツが流れ始める。

王族に連なる高貴な人たちが優雅に踊るダンスホールにオルヴィアがいる。

くるくると回るたびに、淡い紫のドレスが花のように広がり、裾に縫《ぬ》い付けられた装飾がキラキラと反射する。

華奢な白い手は軽くギルバート殿下の腕や肩に回され、愛らしい横顔も、長いまつ毛に縁どられた大きな瞳も、まさに妖精姫の名にふさわしい。

きらびやかなホールの真ん中で、美しく装った人々に交ざって踊る二人の姿は本当に夢のように綺麗だったけれど、ひどく現実味がないものにも見えた。

このまま本当にオルヴィアは殿下と結婚していいのだろうか。

そんな疑問が、いまさらになってふと湧《わ》き上がった。

どんなに思い返しても私が知る妹は、一日のほとんどをベッドの上で過ごす病弱な少女だ。

外の世界に年相応の憧れを持っていて、無茶をして夜会に出ては体調を崩して。

「どこもつらくはない時なんてないもの。だから無理してでもしたいことをして具合が悪くなることなんて、私ちっともつらくはないの。お父様はおおげさなのよ」

ともするとわがままとも取れる言葉だけれど、私には自由を求める妹の気持ちも痛いほどわかっていた。

でも王子様に見初められて、きらびやかなダンスホールで踊ることが、本当にオルヴィアの望んでいたことだったのだろうか。

ここは本当にオルヴィアの望む場所なのだろうか？

殿下からの求愛を断ることなんてありえないと、誰もがそう思い込んでいるのではないか？

もやもやと考えているうちに音楽が終わる。

周りに合わせて拍手をしていると、隣にいたサディアスの体がすっと動いた。

彼はひどく気まずそうな顔で、こんなことを言う。

「アマーリエ、その、僕は体調を抜きにしても実は出不精で、本当に長いこと人前で踊っていないから、もしかしたら下手くそで君に恥をかかせてしまうかもしれないのだけれど……」

随分と長い前置きを一気に言い切り、サディアスは本人の言葉とは裏腹に滑らかな動作で手を差し出した。

「一曲踊っていただけませんか？」

もちろん、答えは決まっている。

「喜んで」

華やかな弦楽器の響きとともに、私は導かれるままにダンスホールへ踏み出した。

社交界デビューした時よりも緊張しているかもしれない。

「あの、サディアス様……」

「何？」

「私の方こそ、下手で恥をかかせてしまうかも」

「なんでもそつなくこなせるのに？」

「だって、私、ダンスのことは義務としか思っていなかったから、上手になろうとしたこともなくて……」

きゅっとサディアスの眉が寄せられる。

「ダンスは嫌い？」

「わかりません」

素直にそう答えると、ふわりと体が浮いた。

サディアスが私の腰を持ち上げて、音楽に合わせて半回転したのだ。

「きゃ……！」

視界がぐるりと回って、力強いサディアスの腕を感じる。

見上げることの多い彼の顔が、まっすぐに私を見上げていた。

深い黄金の瞳の中に私がいる。

その瞬間、世界は私と彼だけを残して消え去っていた。

そっと床に下ろされ、再び手を引かれる。私の足はほぼ無意識にステップを踏んで、彼の動きにぴったりとついていた。

それから私たちは何も語らず、無邪気に踊りを楽しんだ。

サディアスが私にこの時を楽しんでほしいと思っていることが、繋いだ手のひらを通して伝わってくる。

まるで一つの生き物になったかのように、何も考えなくとも相手の動きがわかるし、自分がどう動けばいいのかもわかる。

とても不思議で、幸福な時間だった。

【9】


幸福のあとには、不幸が訪れる。

などという迷信を信じているわけではないが、現実は案外そうなるらしい。

サディアスとのダンスが終わり、夢見心地でダンスホールから下がった私を待っていたのは、硬い表情の父だった。

「お父様……」

冷水を浴びせかけられたかのように、染みついた恐怖が足元から駆け上がる。

父の厳しい目にジッと見つめられただけで、叱られると身構えてしまったのだ。

腰に添えられたサディアスの手が、私の緊張を読み取り強張るのがわかった。

しかし父は穏やかな笑みを浮かべ、サディアスに挨拶と私のエスコートをしてくれたことへの感謝を述べた。

「アマーリエ、今日のお前も一段と綺麗だよ」

「ありがとう、ございます」

「オルヴィアとは違うお前の美しさに、今夜は誰もが気が付いたことだろう」

そうだ。

父はこういう人だ。

外面良く、いかにもいい父親らしいことをすらすらと言える人なのだ。

「トラレス公爵もまるで別人のようだ。先日お会いした時はなんとも痛ましいお姿でしたが、今夜のあなたは女性たちの噂の的ですよ」

「アマーリエ嬢のおかげです」

「娘がお役に立てて、父として光栄です。ところで」

父の視線がこちらに向く。

「娘を紹介したい方々がいるので、お借りしてもよろしいかな？」

お前は婚約者でもなんでもないだろう。

それはサディアスへの嫌味がこめられた言葉のように、私には聞こえた。

水面下でにらみ合う二人の間で、まるで人質になったかのような居心地の悪さを感じる。

「……もちろんです」

サディアスはしばらくの間、父とにらみ合っていたが、さすがに分が悪かったのだろう。渋々といった調子で頷き、私の腰からゆっくりと手を離した。

父の手が伸びてきて、私をサディアスから引き離す。

サディアスは不安げな様子を隠しもせずにこちらを見つめるが、公の場ではさすがの彼もなすすべはない。

私を心配して見つめる金色の瞳に、大丈夫だと微笑んでみせたけれど、彼の顔は曇ったままだった。

肩に父の手が乗せられる。

久しぶりの父の体温は懐かしく、同時にわざとらしい馴《な》れ馴《な》れしさに、うっすらとした嫌悪が湧き上がる。

「大勢からお前がトラレス公爵と婚約しているのかと聞かれたが、していないとちゃんと答えておいたからな」

父はあくまで娘を気遣う優しい声で言った。

「公爵もお人が悪い。自分の体のために未婚の娘を呼びつけ、こんな大きな夜会でエスコートするなんて。悪い噂がたったらどうするおつもりなんだ」

「公爵様はそんなお人ではありません」

「お前は世間知らずだからそう思うんだ」

お父様こそサディアスの人柄を何も知らないくせに、どうしてそんなひどいことを言うのだろう。

そう思うけども、口にしたところで父の耳には届かないのだと諦めた。

とにかく今は、大人しくやり過ごしてしまおう。

いつも通り。

これまでと同じ。

息をひそめて、嵐が通り過ぎるのを待つのだ。

父は私を連れて、あちらこちらの貴族に挨拶をして回った。

古くから親交のある家はもちろん、何度か会ったことのある親戚だったり、初めて見る顔だったりと様々だが、全員の一番の関心はオルヴィアのことで、その次に姉である私がいまだ未婚でいることだった。

「幼い頃から見てきましたが、私はオルヴィアこそがギルバート殿下を射止めるのではと密かに思っていたのですよ」

「卿の慧眼には恐れ入ります」

「しかし姉よりも妹が先に結婚するのは、いささか世の習いに反しているようにも思えますな。私の甥もまだ独り身でして、伯父として何かしてやれないかと……」

「ほう、卿の甥も。このアマーリエは我が娘ながら賢く、妹の世話も進んでしてくれる子なのです。そのせいか自分のことにはどうにも疎《うと》くて、親としてはなんとか良い縁を結んでやらねばと」

ありがたいことに私は引く手あまたらしい。王族と縁続きになれるかもしれないのだから、それもそうだろう。しかし父もかなり高い水準を求めているのか、まだ候補を集めている段階なのか、腹の探り合いばかりしているようだった。

「オルヴィアは妻によく似ているでしょう。ですがかわいそうに姉のアマーリエは私に似てしまって……いやいや、私は見られない顔ではないという程度ですからな」

私は言葉を発する必要がないので、父の横でひたすらニコニコしていた。

「アマーリエには婿をとって、アドラー家を引き継いでほしいと考えております。我々が残してやれるものは、できる限りこの子に継がせてやりたいのです。そして優しい夫と可愛い子供を得て暮らす。それが幸せというものでしょう」

時間が引き延ばされたように長く、退屈で、本当に気が狂いそうだ。

「妻やオルヴィアに比べると素直さが足りなくて……私の言うことに反発することもあるのですよ。年頃の娘らしいと喜ぶべきなのでしょうが」

父の言葉に、息子を従えた遠縁の貴族は、感激したように大声をあげた。

「アドラー家でもそうなのですか！　いやいや、うちの娘など新しいドレスやら宝石にばかりうつつを抜かして、少し注意しただけで口答えする始末！」

「それくらいが良いかもしれませんよ。うちのアマーリエなど美意識が足りていないようで、同じドレスばかり着るものですから私たちが良いものを与えて、磨いてやらねば……」

「しかし倹約は貞淑な妻にとって欠かせないもの！」

親戚はずいっと自らの息子を前に押し出した。

私から見て、父の妹の夫の従兄弟の子というほぼ他人みたいな間柄である親戚の息子は、こちらを値踏みするような目で微笑んだ。

「どうでしょう、私の息子などは……」

「おや、アドラー伯爵。彼女のドレスがどうかしましたか？　栗色の髪とよく合っていて、とても素敵だと私も思っていたところなのです」

父と親戚の会話に、彼の声が割って入った瞬間、遠のいていたすべてが、わっと実体をもって押し寄せてきた。

不快な音楽を聞き流していたら、思いがけず美しい鐘の音が響いて目が醒《さ》めた。

まさにそんな感じだ。

「トラレス公爵……なに、たいした話ではありません」

会話の内容が決して私を褒《ほ》める内容ではなかったからか、父は気まずそうに目をそらす。

その口は苦々しげにきつく結ばれていた。

「ト、トラレス公爵……!?」

父と話し込んでいた親戚は目の前の青年があの悪食公爵なのだと知り、短い首を竦《すく》めた。

「ああ、歓談中に割り込んでしまって申し訳ありません。せっかくアマーリエ嬢をエスコートできたものですから、少しでもそばにいたくて迎えにきてしまいました」

サディアスの金色の目が、じろりと親戚の息子を見る。

かわいそうに急に現れた格上のとんでもない美形ににらまれ、親戚の息子は紙みたいに白い顔で一歩下がった。笑ってはいけないんだけど、あまりの落差に噴き出しそうになる。

「それは、ええ、光栄なことですが……」

絞り出すように返事をする父が他に何か言う前に、サディアスは畳《たた》みかけた。

「では、アマーリエ嬢を借りても？」

今度はサディアスに軍配があがったようだった。

彼は頷くとも首を横に振るでもなく、あいまいな態度を返す父を無視して、まるでかっさらうみたいに私を父から奪い取る。

ずんずん歩く横顔は、明らかに怒っていた。

「まったく、君の父親ときたらなんて失礼な人なんだ！　アマーリエは素直だし、こんな美人の娘を前にして美意識が育っていないのは自分だろうに！　しかもあんな軽薄そうな男を君にあてがおうなんて、あの一緒に話していた男、あれって親戚かい⁉　親戚だとしても、ちょっと許せないな！」

彼がこんなに怒っているところを見るのは初めてだ。

男の人が怒ったら、みんな父みたいになると勝手に思っていたけれど、サディアスの怒り方は正直まったく怖くない。むしろ綺麗な顔で一生懸命に怒るから、なんだかおかしくなってきてしまう。

こみあげてくる笑いに堪えられなくなって、私は顔を伏せた。

すると彼は急にうつむいた私に気が付き、おろおろと顔を覗きこもうとした。

「ごめん、アマーリエ。気を悪くした？」

「どうして？　笑いをこらえるのが大変なくらいなのに？」

口元を押さえて、ただ笑いをこらえていたことがわかり、サディアスはほっと息を吐く。

「いくら失礼な人でも君の父上だし……できるだけ敬意をはらうつもりだったんだけど、あまりにも目に余ったから我慢できなかった」

「いいえ、サディアス様が来てくれなかったら延々と続いていたことでしょう」

「いつもああなのかい？」

言いにくそうに尋ねられ、私はあいまいに微笑んだ。

「君はずっとあんな目にあってきて、それでも怒りを呑み込んで我慢してきたんだね」

「聞き流しているから、大丈夫です」

そうでもしなければ、いつまでも言われた言葉を思い出して、そのたびに傷つくはめになる。

人の言葉に傷つきやすい自覚はある。

だから意味のない音として聞き流すのだ。

大丈夫だと言っているのに、サディアスはなぜか悲しそうな顔をする。

「サディアス様？」

「……ごめん、少し自己嫌悪に陥っていた」

自己嫌悪？

どうしてサディアス様が自己嫌悪なんて感じる必要があるのだろう。

もしかして私が何かしてしまったのだろうか。

サディアスに嫌われるのは、想像するだけでつらい。

焦る私が彼の服の裾を摑んだ瞬間だった。


わぁと声にならない歓声が、ホールの中央から湧き上がった。

何事かと人々が注目する方へ顔を向けると、今まさにぽっかりと開いた空間でギルバート殿下がオルヴィアにひざまずいている。

こんな衆目の場で、あんな体勢ですることといったら一つしかない。

プロポーズだ。

だというのにオルヴィアは戸惑ったふうに、目の前の殿下と、自分たちを見つめる周囲とをせわしなく見回している。

この間王宮で話した時は、まだプロポーズしないと言っていたのに、殿下はとうとう我慢できなくなってしまったらしい。きっとオルヴィアも今夜ここでプロポーズされるなんて思っていなかったはずだ。

「オルヴィア」

殿下の静かな呼びかけに、ホールから一切のざわめきが消えた。

誰もが固唾を呑んで、プロポーズの行方を見守る。

「一目見た時から、君を守りたいと思った。どうか私の妻となり、一生そばで君を守る権利を私にくれないだろうか」

　さぁ、はいと頷いて。

　熱に浮かされた瞳で、殿下はそう言うようにオルヴィアを見上げる。

　ひざまずく殿下を見下ろし、自然とうつむくような体勢のオルヴィアは身動き一つしない。その横顔は髪の毛に隠れてよく見えないが、喜んでいるようにはどうしても見えなかった。

　とてつもなく嫌な予感がした。

「殿下にはとても優しくしていただき、本当に感謝しています」

　薄い金色の、女神のスカートの裾のように美しく垂れ下がった髪の奥。桃色の貝殻のような、可憐な唇がゆっくりと言葉を紡ぐ。

　消え入りそうなオルヴィアの小さな声は、静まり返ったホールではよく響く。

「でも私……お気持ちには応えられません。私は殿下の妻にふさわしい女ではありません」

　あちこちから驚きに息を呑む音がする。

　そしてすぐに何を考えているんだという非難めいた呟きや嘆息が、凄まじい勢いで広がり、人々は険しい顔を互いに見合わせる。

　言われた言葉が理解できずポカンとする殿下に、勢いよくオルヴィアは頭を下げた。

「ごめんなさい！」

ほとんど叫ぶようにそう言って、オルヴィアは身をひるがえす。

そして彼女はその場から逃げ出してしまった。

【10】

「ごめんなさい！」

そう叫び、脱兎のごとく駆けだしたオルヴィアは、観衆の中へと飛び込んだ。

ぶつかった人から驚きの悲鳴があがる。

殿下は魂を抜かれたみたいにひざまずいたままで、オルヴィアの手を摑むはずだった彼の手は空っぽのまま宙に浮いている。

私はサディアスが一緒にいるのも忘れて、逃げたオルヴィアのあとを追いかけた。

「オルヴィア……！」

無礼を承知で人を押し退け、隙間《すきま》に体をねじ込み進む。

途中で靴が片方脱げてしまって、薄いレースの靴下越しに足の裏が冷たい床に触れたけれど、拾う間も惜しくてそのままオルヴィアを追った。

「あっちに行ったわよ」

オルヴィアを探す私に、親切な老夫人がこっそりと耳打ちして中庭の方を扇子《せんす》で指す。

「ありがとうございます」

「相手の気持ちも確かめず、こんなところで求婚する方が、私はどうかと思うわ」

驚いて目を見張る私に、彼女はかすかに口元だけで微笑み、何事もなかったかのように開いた扇子で優雅に顔を隠してしまった。

少なくとも全員がオルヴィアを非難しているわけではないことに勇気づけられ、私は教えられた方向へと進んだ。

建物から漏れる灯りもあって、中庭は思ったよりも暗くはなかった。

夜露で濡れた草の上を彼女の名を呼びながら、慎重に歩いていく。

「オルヴィア。私よ、アマーリエよ」

片方しか靴を履いていないせいで、不便な思いをしつつひょこひょこと植え込みの陰を確認していく。

「どこにいるの、オルヴィア」

その時、闇の中でもうっすらと光る金の髪を見つけ、私は立ち止まった。

オルヴィアは植え込みの陰で、華奢《きゃしゃ》な体を抱きしめるようにして座り込んでいた。

彼女を驚かせないように名前を呼びながら、ゆっくりと目の前にしゃがみこむ。

「お姉様……私……」

私の顔を見たとたん、オルヴィアはひっくひっくとしゃくりあげ始めた。ぼろぼろと真珠のような涙が薄青い瞳からこぼれ落ちていく。

言いたいことも聞きたいこともたくさんあったが、何はともあれ見つかってよかった。私は泣きじゃくるオルヴィアを優しく抱きしめた。

「お姉様、怒ってる？」

しゃくりあげながら言うものだから、ひどく聞き取りづらい。

とにかく落ち着かせようと思い、トントンと背中を叩いてやる。

「怒ってなんかいないわ。混乱はしているけど……。オルヴィアもてっきり殿下をお慕いしているものだと思っていたから」

「嫌いというわけではないの。ただとても親切にしてくださる方だなぁって、お父様とお母様が一緒にいなさいと言うから、お友達のつもりでいたんだけど」

「あなたお友達のつもりだったの⁉」

あまりにびっくりして、思わず大声で叫んでしまった。

いや、だって、お友達って。そんな、そんな馬鹿な。

あんなにアピールされていたのに？

はぁ……嘘でしょ……。

というか誰も、お友達じゃなくて恋人だと殿下は思って通ってきていると教えなかったの⁉

誰もって、私もだけど！

だけどまさかお母様すらちゃんと教えていなかったなんて、思わないじゃない！

「だって、私はずっとお父様たちやお姉様とおうちで暮らすものだと思っていたんだもの……そうじゃなきゃ、お父様もお母様も生きている意味がないって言うから……」

「それは……」

確かにそんなことを言っているのを度々聞いたことがある。

でもそれは長生きすら難しい病弱な娘への願いであって……。

いや、オルヴィアはその言葉を本気にしてしまったのだ。

両親が励ましの意味でかけていた言葉を、彼女だけは本当のことだと信じていたのだ。

「それに私が殿下の妻になるなんて無理よ！　私だってそれくらいはわかるもの！」

「オルヴィア……」

「どうしよう。お父様に叱られてしまうわ……そうしたらお母様も泣いてしまう」

めそめそ泣くオルヴィアの頭をなでながら、私はほとほと困り果ててしまった。

事情はわかったし、オルヴィアの気持ちもわかったけれど、どうすればいいのだろう。

父はオルヴィアに甘いから、本気で嫌がっているとわかればどうにかしてくれるかもしれない。

けれど一度怒りに火が点いた父は、誰であろうと止めることはできない。

オルヴィアに対して父が激怒した姿を見たことがないから、想像がつかないけれど、もしも激昂して彼女をぶったらと考えるとゾッとする。

自分とは違い、甘やかされ大切にされるオルヴィアに嫉妬したことがなかったかと聞かれれば否定はできない。憎い、という思いも、もしかしたら私が認めていないだけで、心のどこかにはあるのかもしれない。

しかしそれ以上に、私は妹を大事に思っている。

自分と同じ痛みも悲しみも、味わってほしくない。

一度つけられた心の傷と痛みは、二度と消えないと知っているから。


「アマーリエ」

サディアスの潜めた声が聞こえ、私ははっと顔をあげた。

妹を抱きしめたまま、ここにいると手を振ると、向こうもすぐに気が付く。彼は縦に長い体を窮屈そうにかがめながら近づいてきた。

「中は凄い騒ぎだ。しばらく戻れそうにもない」

「父は？」

「君たちの母上がショックで倒れてしまって、伯爵は慌てふためいていたよ。こっちに飛んでくることはないと思う」

母がショックで倒れる姿がありありと浮かぶ。それを慌てて抱き留め、介抱する父の姿も。

サディアスは私の胸の中でめそめそ泣いているオルヴィアに視線を投げかけ、同情するように眉を下げた。

そして自らの上着を脱ぎ、私の体にかけてくれた。

「外は冷えるから」

「ありがとうございます」

上着に残った彼の体温が、じんわりとむき出しの肩に染みて、思っていたよりも自分の体が冷えていたことに気が付いた。

確かに中庭は中と違って冷える。

私はかわいそうにいまだ泣き止まないオルヴィアを強く抱きしめ、寒さからかくまおうとした。

「ずっとここにいるわけにはいかない。どこかへ移動しないと」

彼はそう言いながら目配せをし、私の足元に何かを置いた。

それは途中で脱げて、捨ててきた靴の片方だった。

追いかけてきただけじゃなくて、靴を拾ってきてくれたの？

彼の優しさに、にわかに勇気が湧き上がり、私は思い切って口を開いた。

「サディアス様。少しの間、私たちをかくまっていただけませんか？」

【11】

トラレス公爵家には何度も訪れているが、泊まるのは初めてだ。

サディアスは私の唐突で無茶な頼みにも、嫌な顔一つせず頷いてくれた。人目につかないよう、目立たない場所に馬車を回してくれたし、私たちを預かるとの言伝を父と、なんと国王にまで出してくれたらしい。

王族、というかまさに国王の息子であるギルバート殿下が当事者の事件なので、いろいろと考えてくれたみたい。

オルヴィアは泣き疲れたのかベッドで眠っている。

もう健康体といっても、やはり心配なのでこのまま一緒の部屋で寝るつもりだ。

この寝室も、今私が着ている寝巻も、随分前に亡くなった公爵夫人のものらしい。

女性物の準備がないからといって、亡くなったお母様のものを貸してもらうことになり、申し訳ないことこの上ない。サディアスを産んでそのまま亡くなったという話だから、かなり長いこと保管されていたのだろう。そのわりには手入れも行き届いて、なんだか彼の孤独を垣間見たような気がした。

ベッドの縁に腰掛け、乱れたオルヴィアの前髪を整えていると、控えめなノックの音が聞こえた。

声かけもなしにこんな時間に訪ねてくるのだから、サディアスだろう。

ノブに手をかけ開けようとすると、サディアスは慌てた様子で開きかけた扉を押し返した。

「そのままで」

扉が開かないように手で押さえているのだろうか。びくともしない。

「でも……」

「寝巻姿を男にやすやすと見せては駄目だ」

珍しくきっぱりと言われ、少し驚く。

確かに見苦しいものを見せてしまうところだったかも。

化粧はしていないし、公爵夫人の寝巻はサイズがあっているとはいえない。主に胸元の布とかが、だるーんと余っている。だというのにウエストはそこまで変わらないから、生前の公爵夫人は恐ろしくスタイルの良い人だったようだ。

「伯爵から、明日君たちを迎えにいくと返事がきた」

「わかりました」

扉越しの声はくぐもっていて聞き取りづらく、私は自然と額を押し付けるような体勢になる。

「ありがとうございます」

何も言わずにかくまってくれたことも、私のために腹を立ててくれたことも、私を特別だと言ってくれたことも。何もかもに、感謝するほかない。

しばらく返事がないので、もしかしてもうどこかに行ってしまったのだろうかと思った頃。

「君は、あの家に帰りたいか？」

家はいつだって私の帰る場所で、いるべき場所だ。

帰りたくないなんて考えたこともなかった。

いや、違う。

考えないようにしてきたのだ。

成長するごとに、居心地が悪いと、息苦しいと感じるようになっていたことから目を逸らしてきた。

私、本当は……。

「帰りたくありません」

そう言葉にした瞬間、勝手に涙がこぼれた。

涙を止めるために息を止めて、歯を食いしばる。

けれどどんなに息を止めても涙はあふれ続けて、苦しくて息を吸うとひどいうめき声が漏れた。

泣いているのがばれるのが恥ずかしくて、私は必死に涙をぬぐう。

躍起になればなるほど、腹の立つことに食いしばった歯の間から嗚咽《おえつ》が漏れた。

「……アマーリエ。開けてもいい？」

「駄目です」

即答すると、苦笑する気配があった。

「自分から開けるなと言っておいて勝手だとはわかっているけれど、君を抱きしめたいんだ」

それは小さな子供をなだめるような優しい声だった。

まるで私は八歳の女の子で、サディアスは優しい兄になったみたい。

彼のような兄がいてくれたら、幼い私はどれほど救われただろう。少なくとも今みたいに、一人で泣いていたら心配してくれたはずだ。

返事のかわりに、ちょっとだけ扉を開ける。

反対側からやんわりと拒もうと思えばできる強さで扉が開かれ、廊下の明かりが部屋に満ちていた闇を追い払っていく。

彼ももう寝るところだったのだろう。

シャツとズボンだけのラフな格好をしたサディアスは、夜会での輝く美しさこそなりを潜めているが、私の良く知る親しげで優しい目をしてそこに立っていた。

彼はゆったりと腕を広げ、私を抱きしめる。

男性にしては細身に見えるが、私の体はすっぽりと彼の腕に収まってしまった。

「本当の気持ちを教えてくれてありがとう」

額をこすりつけるようにして首を横に振る。

シャツからは彼の匂いがした。

サディアスは長身の体を折り曲げるようにして、私を強く抱きしめた。

廊下から差し込む光に、二人分の影が一つになって淡く伸びる。

静かだけれど、何かを決意した力強い声が、こう囁いた。

「君のために僕が本当の悪食公爵になったとしても、許してくれるかい？」


昨夜ぶりのはずなのに、正面に腰掛けた両親の顔は憔悴《しょうすい》しきっていた。

まるで一晩で一気に老け込んだみたい。

私とオルヴィアも昨夜はたくさん泣いたから、二人とも化粧で隠せないほどに目が腫《は》れている。

そのうえオルヴィアはずっと暗い顔でうつむいて、普段とは別人のようだ。もちろん私の顔も緊

張で強張っていて、見られたものではないだろう。

本当にみんなひどい顔。

そんな中、一分の隙《すき》もなくサディアスだけは今日も美しい。

まるで私を守る兄のように隣に腰掛けた彼は、感情の読めない目でまっすぐに父を見つめていた。

「娘たちがご迷惑をおかけして、申し訳ありませんでした」

ちっともそんなことは思っていないだろうに、硬い表情で父は頭を下げる。

「後日またお詫《わ》びにうかがいますので、今日はひとまず娘たちを連れて帰らせていただきたい」

「お詫びなど不要です。飲み物はいかがですか？　実は最近、ミントティーに凝っていまして」

「結構です」

苛立ちを隠しきれない様子できっぱり断り、父は腰を浮かせる。

それよりも早く立ち上がったサディアスの手が伸びて、父の肩をぐっと押さえた。

すとんと元の場所に座らされた父は、一瞬何が起こったのかわからなかったのか、きょとんとした顔をした。しかしすぐに目元を険しくして、サディアスを見上げる。

「何をする」

サディアスは父の剣幕を柳のように受け流し、自分のペースで話し始める。

「私は人の感情を食すことで腹を満たす悪食公爵と呼ばれています。事実、多くの人々がここを訪れ、私に様々な感情を食べてほしいと願ってきました」

「そんなこと、今関係ないでしょう」

「あります。彼らの多くはどうにもならない人間関係に苦しんでいた。叶わぬ恋、捨てられぬ執着、身を食い破らんとする憎しみに嫉妬。自力ではどうにも克服できない恐怖。それらから解放されたいと願い、ここに来る」

まさかと思い、私は彼を止めようとした。

しかし彼は、両親にむかってこうはっきりと言った。

「私がアマーリエと出会ったのも、彼女が自らここを訪ねてきたからです」

「何ですって？」

ハンカチを揉《も》みくちゃにしていた母が、初めて声をあげる。

素っ頓狂に裏返った声は、彼女の戸惑いを表していた。

「アマーリエは私に心をすべて食べてくれてもいいと言いました。これからも良き娘でいられるように、何も感じないようにしてほしいと」

「そんな……どうしてなの、アマーリエ？　いったい何が気に入らなかったの？」

「ごめんなさい、お母様……気に入らないとか、そういうわけではないの」

「じゃあ、どうして？」

そんなの聞かなくたってわかるだろうに。

怒涛《どとう》のように幼い頃から今日までのことが蘇ったけれど、上手く言葉にまとめられなくて、私は唇を重く閉ざした。

そんな私の様子を見て、母はひどく失望したような顔をした。

「……私たちがオルヴィアばかり可愛がるから。そうでしょう」

「違います」

それだけは違うと私は顔をあげる。

「嘘つかないで。そうならそうと、どうして言ってくれなかったの。ああ、私がいけなかったのね……あなたが良い子だからと、オルヴィアを優先したから……」

「お前、落ち着きなさい」

「でも、あなた！」

「黙りなさい！」

怒鳴りつけられ、母はぎゅっと身を縮こませた。

ハンカチを握りしめる拳《こぶし》が小刻みに震える。

「アマーリエ。どうか母を許してやってくれ。何もお前が可愛くない、ということはないのだ」

「……わかっています」

頷く私に、父はよかったと微笑む。しかし、その目はちっとも笑っていなかった。

「だがお前も悪い。お前は自分のことばかりでオルヴィアが大変な時だったというのに公爵家に入りびたり、その理由が心を食べてもらうだと？　なんと自分勝手な。自分ばかりがかわいそうだとでも思っているのか？」

「違います。私は！」

「言い訳をするな！　そんなふうだからお前は、オルヴィアのように殿下に選ばれなかったのだ」

「お父様、私は殿下に選ばれたいなど……！」

「ええい、お前はいつもそうやって反論ばかりする。なぜ素直に話を聞かない。そういうところが可愛くないのだとなぜわからん！　私はお前のことを大事に思って、愛しているからこそ言ってやっているというのに！」

私を指さし、激しく糾弾《きゅうだん》する父に、最後まで残っていた親子の情や、いつかわかってくれるかもしれないといった淡い期待がことごとく打ち砕かれていくのがわかった。

魂が抜けたように黙り込む私を、父はなおもにらみつける。

その時、冷えた指先に温かいものが触れた。

サディアスの手が、真っ白に固まった私の指を握っていた。

琥珀色の瞳は私のかわりに父を見据え、ぴりぴりと殺気立っている。

少なくともここには今、一人、私の味方をしてくれる人がいる。

ふと、何もかもが馬鹿らしくなった。

私、何を守ろうとしていたのだろう。

この人たちは私たちを迎えにきたという口で、オルヴィアに心配の一言もかけやしない。

何が大事だ。

何が愛しているだ。

そんなものクソくらえだ。


「お父様はいつもそう。愛していると言えば、何をしても、何を言ってもいいと思っているのよ」


「なに？」

太い眉が持ち上がり、険しい眼光が怒気で光る。

今、私の前に最後の一線があった。

その線を越えてはいけないとわかっていて、私は自分の意思で一歩を踏み出す。

「言い訳ばかりしているのはあなたの方。今も本当は私に怒っているわけじゃない」

「父親に向かって、あなた、だと？　なんて口のきき方を……」

父の言葉を遮《さえぎ》り、私は立ち上がった。

見下ろす父は思っていたよりも小さくて、私はそれがひどく悲しくなってしまった。

「本当は元気になったオルヴィアが自分の思い通りにならないことが気に食わないだけ。本当は病弱な娘を大切にする優しい父親ぶっていたかっただけ。それができなくなって面白くない上に、せっかくの殿下からのプロポーズをオルヴィアが勝手に断ったから、自尊心が傷ついていらいらしている。それを私に八つ当たりしている」

父は絶句し、信じられないものを見る顔で私を見た。

「……お前がそこまで酷い娘だとは」

「酷い？　私が？　私はお父様にどんなに叱られても、ぶたれても、他人の前でけなされても、いつかすまなかったと抱きしめてくれるものだと信じてきました。オルヴィアを優先する気持ちも理解していたつもりです。でもお父様は一度だって私の言葉を聞いてはくれなかった。オルヴィアの言葉さえも。どうしてオルヴィアがプロポーズを断ることがわからなかったの？　病弱な時はずっと家族と一緒の家にいるのが幸せで、元気になったのなら殿下と結婚するのが幸せだなんて、どうして本人の意思も聞かずに決めつけることができるの？」

「それはお前たちが子供で、何もわかっていないからだ！」

父の怒声に肺がびりびりと震える。
でも、不思議と怖くない。

「そうよ、私たちはお父様とお母様の子供。でもそれ以前に、一人の人間だわ。私も、オルヴィアも、お母様も、お父様のものじゃない。私の心も、人生も、私だけのものよ！　お父様なんて、嫌い！　大嫌い！」

気が付いたら私は泣いていた。
初めて父に最後まで口応えすることができた。
初めて嫌いだと口にすることができた。
たったこれだけのことに、とてもとても時間がかかってしまったけれど。
それでも私にとっては、大きな一歩だった。
「アマーリエッ！」
顔を真っ赤にし、父は立ち上がった。
目の前のテーブルを蹴散《けち》らす勢いで、私に手を伸ばす。
もう片方の手は開いた形で、高くあげられていた。

ぶたれる！


「あなた！　やめて！」

母の悲痛な声。

私はぎゅっと目をつむって、体を縮こまらせた。

オルヴィアが後ろから飛びついてきて、小さな体で私を庇《かば》おうと身をよじる。


バシン！


掌が頬を激しくぶつ、乾いた音がした。

でも痛くない。

どうして？

おそるおそる目をあけると、目の前にサディアスが立っていた。

「こ、公爵……」

傾いだ頭を戻し、彼は髪を払った。

頬が真っ赤になっている。

彼は私を庇って、かわりにぶたれたのだ。

さすがの父も、みるみるうちに顔色が悪くなっていく。

彼は無礼にも伯爵の身分でありながら、悪食公爵を平手打ちしてしまったのだ。

「あなたの娘への愛情を、私は嘘だとは思いません。けれどそれはもう歪んだ執着だ。歪んだ執着は相手に歪んだ理想を押し付け、傷つけることになる」

「私、は……」

「そしてあなたは娘を害そうとし、今まさに私を害しました。よって悪食公爵として、あなたのその執着もらいうける」

ゆらりと白く筋張った両手が、父の頭を掴んだ。

琥珀色の瞳が、自ら恐ろしい光を放つ。

「あ、あぁ……!」

わななく父の体から、黒い靄《もや》のようなものが現れた。

それは細くたなびく煙となり、サディアスの口へ吸い込まれていく。

靄の色が薄くなりはじめて、サディアスはこれまでと口を閉じた。

ふっと父の体から力が抜け、その場にへたり込む。

「あなたぁ！」

母が縋《すが》りつき、涙にぬれた顔で必死に生きているかを確かめる。

父は生きていた。

しかし何か大きなものを失ってしまったかのように、ぽっかりと口を開け呆然と私たちを見つめていた。

【12】

離れの玄関に迎えの馬車がやってくる。

妙に頑丈で立派な馬車なのは、殿下が手配したものだからだろう。未練が透けて見えて、苦笑してしまう。

あの日以来、私たち姉妹は別館で暮らし、本館には父と母が残った。

母は寝起きは本館でするが、昼間は私たちが心配で別館にくることも多い。

今日もオルヴィアの出立の日だからと、朝からこちらに来ていた。

「オルヴィア、本当に行ってしまうのね……」

今にも泣いてしまいそうな母に、オルヴィアは軽やかに頷く。

「はい。神殿で修行して参ります」

先日、オルヴィア、ひいてはアドラー伯爵家は、正式にギルバート殿下からのプロポーズにお断りの返事をした。

殿下は名残惜しそうだったが、国王陛下が良いと言ってしまったので、もうどうにもならないと諦めたようだ。勝手に求婚したことを、裏で陛下に絞られればいい。

もちろん騒ぎを起こした代償として、伯爵家は一部の領地を自主的に返上。オルヴィアは神殿に修行へ行くこととなった。最低でも四年は帰ってこられないけれど、真面目に神に仕え、運が良ければ治癒師にもなれるだろう。

そして私もまた、もうすぐこの家を出ていくことになっている。

「四年も帰ってこられないなんて……」

「私、毎月お手紙を書きます」

「ええ。必ずよ。何かあったら、私が駆けつけてなんとかしてあげますからね。お父様はまったく頼りにならなくなってしまったから……」

小声になってちらりと後ろを見やる母の視線の先には、黙って突っ立っている父がいる。

父は少し離れたところで、話しかけるでもどこかへ行くでもなく、所在なさげな顔をしていた。

あの日、サディアスに私たちへの執着を食べられて以来、ずっとこんな調子だ。

執着心を食べられた彼は、冷静に自身の振る舞いを振り返ることができるようになったらしい。

そして自分が娘、特に私に嫌われていて、それが仕方ないことである、と一応は理解しているらしい。

仕事でも先日の騒動があったために、周りからは白い目で見られていると聞く。

あんなに執着していた娘たちをどちらも失うことになり、仕事中も居心地の悪い思いをしている彼の心には、今も大きな穴が開いていることだろう。

まぁ父の本当の心のうちなんて、本人以外にはわからないことだ。

心の空虚がどれほどつらいことなのか私には想像できないし、できたとしてもしばらくは父を許す気にはなれない。

本当のことをいえば、母のことも正直まだ許せない気持ちはある。

けれど父が娘への執着を失い、家のこともあまり口出しをしなくなってしまったために、ここ最近の母の女主人としての仕事は急増している。もとから予想外のことには弱い人だから、パニックを起こしかけながらも自分がしっかりしなくてはと頑張る姿を見てしまうと、やっぱりかわいそうになってしまうのだ。だからできる範囲で私も彼女の手伝いをしている。


荷物を運びこみ終えたことを御者が知らせる。

「お姉様、今までたくさんありがとうございました」

「オルヴィア?」

「私、自分のことをかわいそうだと思って生きてきました。いつもどこかが痛くて、苦しくて、私ばかり楽しいことを知らずに生きていると。でもそんな私をお姉様は嫌わないでいてくれました。無茶を言って外に出たがる私の面倒まで見てくれて……それなのに、私、それが当たり前だと……」

「そんなことないわ。……情けない話だけれどあなたのことをうらやましいと、憎らしいと思ったことがないと言ったら嘘になるもの」

「それでも私はお姉様が好きです」

「私もよ」

私たちは涙ぐんで、最後の抱擁《ほうよう》をした。

「ねぇお姉様。不思議と私、神殿に行くのが嫌じゃないの。だってやっと私の人生が始まったって感じがするんだもの。実は私、治癒師にもちょっと憧れていたの」

「あなたなら凄い治癒師になれてしまうかもね」

「ふふふ。どうかお元気でお姉様。サディアス様にもよろしくお伝えください」

そう笑って、オルヴィアは遠い地へ旅立っていった。

父も、母も、私も、妹も、みんな何かを失い、家族は離れ離れになっていく。

でも歪なまま一つであり続けるよりは、ずっとこの方が健全なのだと私は思う。

だって私たちは一人の人間で、それぞれの人生を生きているのだから。

今日は婚約指輪を選びにいくことになっている。

私たちを乗せた馬車は、有名な宝石店を目指して街中をのんびりと進む。

結婚指輪は代々受け継いできたものになるので、婚約指輪は私が好きなものを一緒に選びたいとサディアスが言ってくれたのだ。

そう、私はサディアスと婚約した。

オルヴィアのことも父のこともある程度落ち着き、どうしてこんなに優しくしてくれるのかと尋ねたら、顔を真っ赤にしながらプロポーズされたのだ。

オルヴィアが殿下のことをお友達だと思っていたことに、嘘でしょただの信じられないだの言っていたのが、まさかすべて自分に返ってくるとは。

「殿下が神殿までオルヴィアを追いかけてきたりしないかしら？」

少し不安になって尋ねた私に、サディアスはそれはないと愉快そうに笑った。

「もしそんなことになりそうなら、また僕の出番がくるだけだよ」

「駄目です！　この間のもまだしっかり治ってないのに！」

「アマーリエは心配性だな」

父の執着を悪食公爵らしく食べてしまったサディアスは、そのあと丸一日寝込んだ。

食あたりを起こしたのだ。

「いつまでもしつこく残って、胃を圧迫してくる不快感……ステーキの脂身を皿一杯流し込まれた気分……」

というのが食後の感想だ。

聞いただけで胃もたれしそうなこってり感である。

「いつもリディアス様が私の感情を食べる時と、あの時は違う感じがしたんですけど」

「そりゃそうだよ。僕がいつも食べているのは、アマーリエの心から生み出されたものだけで、心自体は食べていないもの」

「違うんですか？」

「心は人の魂そのもの。感情はそこから生まれる霞のようなもの。心を食べるということはその人間の一部を殺すことと同義。その分、僕の体にも強い影響が出てしまう。つまり僕は君の父を殺したも同然だ」

「え、生きてますよ」

「うん、まぁ、そうなんだけど……」

「生きてるし、私たちも父も新しい人生を歩き始めただけです。殺したなんて、無理して悪者ぶらなくていいのに」

「悪者ぶっているつもりはないんだけどなぁ」

でもこういうところが、この人の善良さで優しさなのだと思う。

「ついでに一つ、罪の告白をしてもいい？」

「どうぞ」

「君はいい匂いがするって言ったこと」

「それがどうして罪の告白になるんですか？」

サディアスはまつ毛を伏せ、視線を自分の手元に落とした。

「僕がいい匂いだと感じたのは、君が抱えていた寂しさや孤独だったんだ。そのことに気が付いてからは、いい匂いだなって思うたびに自己嫌悪に陥《おちい》ったよ。だって好きな子が悲しんでいるのに、美味しそうだって思ってしまうんだよ？　そんなのって最低だ」

「そんなことないのに」

「はぁ……そういうところだよ」

呆れた調子で嘆いて、サディアスはずるずると行儀悪く背もたれに倒れこむ。

彼の袖《そで》をちょいちょいと引っ張り、私はにっこりと微笑む。

「そんなに落ち込むなら、私が寂しくならないようにサディアス様がそばにいてくれればいいんです。もう私の心すべてを食べさせてあげることはできませんけど、生まれてくる感情はいくらでも食べさせてあげますから。それともやっぱり寂しい気持ちじゃなきゃ、お嫌なのかしら……」

「そんなことはない！」

ならば良いではないか。

勢いよく起き上がったサディアスは、コツンとおでこを合わせてくる。

そして真摯な目でこう続けた。

「喜びも悲しみも恐怖も、君のなら僕にとっては全部ご馳走だ。……でも、できればいつも笑っていて欲しい。心があってよかったと思っていてほしいよ」

鼻先が触れて、吐息を唇に感じる。

「君も感情を食べられたらいいのに。そうしたら、僕が君のことをどれほど愛おしく思っているか教えてあげられる」

少しひんやりした唇が触れる。

唇が触れていたのは一瞬で、すぐに離れていく。

それだけで私の顔は真っ赤になってしまう。

「ふふふ」

可愛いねと上品に笑う綺麗すぎる顔が直視できなくて、私はそそくさと体を離した。

窓の外に目線をやって、ぱたぱたと手で顔をあおぐ。


馬車は大通りが交わる広場へさしかかろうとしていた。

よく考えなくとも、いくら馬車の中とはいえこんな街中でなんて大胆なことをしてしまったのか。

駄目だ。ますます恥ずかしい。

「お祭りでもやっているのかしら！」

にぎやかな広場を指さして場の空気を変えようとしたのだが、声は見事に裏返っていた。

サディアスは苦笑しつつも、一緒になって窓の外へ視線を向けた。

「祭りというほどでもなさそうだけど、楽しそうだね」

小さな女の子が親に買ってもらったお菓子を手にはしゃいでいる。

あんなに飛び跳ねたら袋からお菓子が飛び出してしまいそうだ。

「見て、あのお菓子も凄く可愛くて美味しそう……」

屋台で売られている可愛らしい色の砂糖をまぶしたお菓子を指さした瞬間、唐突にずっと忘れていた情景が蘇った。

ずっと昔。
子供の頃。
父と二人っきりで外出した時。
あの時も馬車で通りかかった広間では、小さなマーケットが開かれていた。
幼い私はそのにぎやかで楽しそうな光景に夢中になった。
「気になるのか」
父が低く尋ねた。
私はたぶん無言で首を横に振ったのだろう。
はしたないと叱られると思ったから。
しかし父は急に馬車を止めて、なんと自らマーケットへ歩いていったのだ。
そして私に買ってきたお菓子を渡してくれた。
「秘密だぞ」
そう言って、頭を撫でてくれた時、父はどんな顔をしていたのだろうか。
私は、どんな顔をしていたのだろうか。

「アマーリエ？」

「え？」

少しぼうっとしていたようだ。

呼びかけにようやく返事をした私に、サディアスは心配そうな顔をしている。

「気になるの？」

「え？　ええ、はい」

なんだかよくわからないまま返事をしてしまった。

せっかく二人で外出しているのに、ぼうっとするなんて。

私が反省していると、サディアスはなぜか馬車を止めた。

「少し待ってて」

そう言い残した彼は、あっという間に供もつけずに馬車を降りてしまう。

そして私が呆然としているうちに、私が指さしたお菓子の袋をもって戻ってきた。

「はい。温かいうちに食べるものなんだって。面白いよね」

お菓子の入った袋をそっと受け取る。

確かに温かい。

そして甘く、いい匂いがする。


思い出の中で、父は微かに微笑んでいた。

愛しいものへと向ける優しいまなざしを、私に注いでいた。

幼い私はそれが嬉しくて、恥ずかしくて、うつむきがちにはにかんだのだ。


感情がこみあげて、涙となってあふれた。

「ど、どうしたの？」

急に泣き始めた私に、サディアスはおろおろと手をさまよわせる。

まさか今頃になって思い出すなんて。

なんだかとてつもなく悔しい気持ちになった。

内緒でお菓子を買ってくれた父も、私を苦しめた父も、どちらも父なのだ。

憎しみばかりが募って、ずっと忘れていた。

きっと父の執着も、はじまりは純粋な愛情だったのだ。

純粋な愛情ゆえに、父は自分の正しさを疑わなかったし、本気で私たちのためだと信じていたのだろう。

だからといって、後悔するわけではない。

ただ。

ただ少し、切ないだけだ。

「ごめんなさい、嬉しくて」

涙を拭いて微笑む私に、サディアスは複雑そうな顔をする。

きっと嘘だと彼にはわかっているのだ。

それでも彼は何も言わなかった。

私が本当に悲しくて泣いているわけじゃないこともわかっているから。

それから馬車の中で私たちは、とても行儀が悪いけれどお菓子をわけあって食べた。

相変わらず胃が弱いサディアスは強烈な甘みにやられて、二口も食べずにギブアップした。

オルヴィアと冷血神官

【1】


まさか生まれ育った家を離れる日が来るなんて。

神殿へ向かう馬車の中で、私オルヴィアは少し泣きそうになった。

まだ出発して一時間も経っていないというのに、もう家が恋しい。

嫌だわ。私ったら、まるで小さな子供みたい。

目じりに滲んだ涙を拭いつつ顔を上げる。

生まれた時から体が弱くて、家族には心配ばかりかけてきたし、お姉様にもたくさん迷惑をかけてきた。けれど私はいつも自分のことで精一杯で、お姉様に何もしてあげられなかったのだとわかったのはつい最近のことだ。

ギルバート殿下と夜会で出会い、王宮の治癒師のおかげで健康な体を手に入れてから、私の日常は驚くほどに変化した。

体のどこも痛くなくて、鉛のように重たかった手足は思うままに動かすことができる。走れば体の隅々まで血液が満ちていく感覚が心地よく、どこまでも走っていける。次の日に熱が出て何日も寝込むことも、周囲を心配させることもない。

健康であるということは、こんなにも素晴らしいことなのかと感動した。

だからギルバート殿下が望むことはできるかぎりしようと思った。

たくさん一緒にお出かけしたし、たくさんお礼も言った。

抱きしめられるのは怖かったけど、大切なお友達だからと思って我慢した。

だって男の人って大きくて、一度でもダンスの相手をすると私が疲れたと言ってもなかなか離してくれないんだもの。

じゃあどうして夜会に行きたがったかというと、ベッドの上で萎《しお》れていくだけの存在にはなりたくなかったからだ。

せめてきらびやかな場所で、同じ年頃の女の子みたいに私も輝きたかった。

私が知っている外の世界のほとんどは、きらびやかな夜会と、ベッドから見つめる窓の外だけ。

そんな狭い世界が、唐突に拓《ひら》かれた。

洪水のようになだれ込んでくる世界に、私は圧倒され、夢中になった。

飛び回るのに忙しくて、殿下が私に向ける視線の意味にも気が付けなかった。いや、もしかしたら、本当は気付いていてわからないふりをしていたのかもしれない。気付いてしまったら、彼の気持ちに応えなくてはならないことくらいはわかっていたから。

だからあの夜。

ダンスホールの真ん中で、殿下が私の目の前にひざまずいた時、正直血の気が引いた。

プロポーズの言葉を聞いても、心はちっともときめかない。

プロポーズを受けるということは、王太子妃になるってことでしょう?

そんなの無理だ。

だって私は殿下のことがちっとも好きじゃなかった。

確かに素敵な方だけど、自分の話ばかりするし、ちょっと強引だし、何より彼が好きな私は守ってあげなくてはいけない、か弱いオルヴィアだということがありありと見て取れたからだ。彼が求める私の姿は、元気になった私には窮屈《きゅうくつ》だった。

だから断ってはいけないと頭ではわかっていたけれど、心が頷くことを拒否してしまった。

その結果、お姉様と両親にはとてつもない迷惑をかけてしまい、私自身も神殿へ行くことになってしまった。

でも後悔はしていない。

それに私はお父様がお姉様にだけ厳しくあたっていることは薄々気が付いていた。私がお姉様にも優しくしてと頼んでも、お前は優しいねといって取り合ってもらえず、自分にできることはないのだと諦めていた。そんな問題を、お姉様とお姉様のことを大切に想ってくれるサディアス様が解決してみせたのだ。

そのせいで家族がバラバラになったという見方もあるかもしれないけれど、別に永遠の別れではない。

いつかまた、家族みんなが本当に笑顔で過ごせる時が来るかもしれない。

そのために私も家を一度離れ、一人で生きていく必要があるのだと、今は考えている。

でも本当に一人で生きていけるのだろうか。

プロポーズされてすぐに断らずに、いったん保留にすればよかったのでは……。

「もう、うじうじ考えるの終わり！」

ぺちぺちと両頬を叩いて、気持ちを切り替える。

これから私はお姉様もお母様もお父様も、文字通り誰もいない神殿で、一人でやっていかなくてはいけないのだ。

もう誰かに頼りっきりではいけないし、自分で自分のことを考えなくちゃいけない。

自分を変えなきゃ。


大神殿がある都市メレヴは、国内で三番目に栄える大都市だ。

各地に神殿はあるが、メレヴにある大神殿には最大規模の治癒院と、治癒師や神官になるための学校も併設されている。

そのため自然と人が集まり、大規模な都市を形成している。

王宮の治癒師に次いで優れた治癒師がいるということもあり、多くの貴族や裕福な商家が屋敷を構えているのも理由だろう。

つまり王都から遠く離れた僻地《へきち》、というのは間違ったイメージなのである。

ということを私はこの目で見て初めて知った。

どの建物も立派で、決まりでもあるのか壁は一様に白と青だ。

騒がしくはないが、ゆったりと過ごす人々の姿はどこでも見ることができて、王都とはまた違う人の多い都市の空気があった。

そしてその中心にそびえる大神殿も、当然のごとく巨大だ。

聖堂からは祈りの歌が漏れ聞こえ、隣の治癒院には行列ができている。

停車場で降り、案内が来るというので、呆気に取られつつ待つことしばし。

治癒院から一人の男性が小走りでやってくる。

首まできっちりと詰まった白いひざ丈の服。神官だ。

急いだせいでずれた眼鏡の位置をきっちり直してから、彼は私の名前を呼んだ。

「オルヴィア・アドラー？」

「はい」

彼は深い青の目を細め、さっと私の全身を見た。それも品定めするみたいに。

なんだかちょっと無礼な人だ。

「貴族宿舎の管理担当をしているブレイクです。まずは部屋に。それから食堂や共有の水場などの使い方を説明します。時間が押しているので、質問は後でまとめてお願いします」

「よ、よろしくお願いいたします！」

慌てて下げた頭を上げると、ブレイクはなぜか面食らったかのようにのけぞった。

しかしすぐに仏頂面に戻り、事務的にこう続けた。

「言っておきますが、私は平民の出です。しかしここではあなたの身分はあくまで見習い。ですので、私は神官として接します。いいですね」

「はぁ」

当然理解したうえでやってきたつもりなのだが、どうしてこんなに念押しするのだろう。

いまいちピンとこずにあいまいな返事をする私に、彼は変なものを食べたみたいな顔をした。

「まぁいいです。荷物は？　これだけですか？」

「はい」

荷物はトランク二個までと言われたのでその通りにしたのだが、もしかして駄目だったのだろうか。

不安になる私をよそに彼はさっさとトランクを持って歩きだしてしまった。

「ま、待ってください……！」

せめて一個は自分で持てますと言おうとしたけど、ブレイクはすたすたと歩いていってしまう。

その神官服の裾が汚れているのが、なぜか妙に印象に残った。

【2】


朝は鐘の音で目覚める。

一人で寝起きするようになって初めて知ったのだが、私は案外目覚めが良い方だ。

鐘の音を聞いた瞬間に目が覚め、起きると決めた瞬間にはばね仕掛けの人形みたいにベッドから飛び降りている。そして無造作に広がる髪の毛に苦労しながら櫛を通して、見習いの質素なワンピースに着替える。

貴族宿舎は基本的に一人一部屋。

自分で家具を持ち込む人がほとんどらしいが、私は備え付けの家具をそのまま使っている。

罰を受ける形でここへ来た身だからという理由もあるが、持ち込めることをそもそも知らなかったのだ。それにいまさら持ち込めることをうっかり漏らしてしまえば、お母様から大量の家具が送られてくるに決まっている。

ベッドだけはこの先ずっと使うには耐えられない硬さなので、お姉様にこっそり毛布を頼んで届くのを待っているところだ。

食堂で朝食をもらい、自分でどこに座るか決める。

簡単なことのように思うだろうけど、どれもが私にとっては初めてのことで、初日はどこに座ればいいのかわからなくて途方に暮れたものだ。

最近はよく見かける顔と彼らの定位置がなんとなくわかってきたところで、私もまた自分のお気に入りの席を見つけようとあちこちに座って試しているところだ。

そして起床時間にちゃんと起きて食堂に来る貴族宿舎の見習いはほとんどいない、ということも最近気付いたことのうちの一つに入る。

食堂から宿舎に戻ると、共用洗面所の前で呼び止められた。

「オルヴィアさん」

女子専用棟の共用洗面所はこの宿舎の中でも、かなり手入れのされた綺麗な場所の一つだ。

というのも毎朝、一人で支度できない令嬢たちが集まって身支度するからである。自然と持ち込みの物も多く、たまに実家に頼んで業者を手配してもらい改築させる人もいるのだとか。そのため洗面所でありながら控室さながらの居心地の良い空間となっている。

私はここに来たばかりだし、いつも誰かがくつろいでいるので、まだ怖くてちゃんと中に入ったことはない。

しどけない寝巻姿のまま髪を梳《くしけず》っている令嬢たちが、次々にこちらを見ておはようございますと挨拶をしてくる。

「おはようございます」

「あぁ、今日もなんてお美しいのかしら。今からお祈りに？」

「はい」

「まだ来てすぐですものね」

比較的見習い歴の長い令嬢たちが、クスクスと笑いあう。

特に豊かな金髪のカミラという令嬢は、実家がお金持ちの男爵で、歴も長いために見習い令嬢たちの中心的な存在だ。

先ほど呼び止めたのも彼女であり、新入りの私にも何かと声をかけてくれる親切な人だ。

「あんまり真面目だとあの冷血神官に目をつけられて、雑用を押し付けられてしまうわよ」

「冷血神官？」

「あら、まだあだ名をご存知なかったの？　最初に案内をしてくれた神官様がいたでしょう？」

「ブレイク様のことですか？」

「そう、ブレイク様よ。本当は様なんてつける必要のない身分の方なのだけれど、私たちは見習いですものね。でも、それを抜きにしても酷い人なのよ」

ねぇとカミラが背後に呼びかけると、そうそうと何人もの令嬢たちが頷いた。

「病の子供の治癒を拒んで酷い味の粉を飲ませようとしたり、もう助からない病人のところを回って気休めの治癒をしてはお金をもらったりする卑《いや》しい神官なのよ！」

「平民出身だから裕福な商家や貴族を妬《ねた》んでいるんだわ」

「私もこの間、瓶のふたを閉め忘れただけでひどく叱られましたの。それはもう恐ろしくて……！」

「アラン様とはまるで真逆だわ」

「本当に。はぁ、アラン様と一緒ならいくらでもお仕事できるのに……」

ぽぉっと頬を染め、一部の見習いたちは空を見上げた。

「オルヴィアさんも初日は嫌な思いをなさったでしょう？」

カミラが同情するような調子で尋ねてきたので、そうだったかしらと首をひねる。確かに感じのいい人ではなかったし、ちょっと無礼だとも思ったけれど、嫌な思いまではしていない。

「ブレイク様は荷物を持ってくださいました」

「男として当たり前のことだわ！」

「ああ、オルヴィアさんったら本当に世間知らずで……。なんてかわいそうなのかしら。私たちが今度街へ連れていってあげますからね」

「そうよ！　こんなところでお祈りばかりしていたら、気がどうにかなってしまうわ！」

「ねぇ、そういえば新しいお店が……」

ひとしきり勝手に話しかけておいて、新しくできた店の話題に興味が移った彼女たちは私の存在など忘れておしゃべりに夢中になる。

これ幸いと私はそそくさと自室へ戻った。

いつもああしておしゃべりしているところしか見ないけれど、割り振られた掃除や裁縫の仕事はどうしているのだろうか。

貴族宿舎というものがあるくらいだから、見習いに占める貴族の割合は高い。

私は殿下とのことがあったから、罰のような形でここに来たけれど、実家の財力や影響力に不安のある令嬢にとって神殿で見習いをしていたというのは一種のステータスになるのだそうだ。

だから四年間きっちり修行をして治癒師になる者は逆に少なく、みんな二年ほどで実家に戻り、結婚するのだそうだ。

私がアドラー伯爵家の出身だと言うと、全員から驚かれた。

そしてなぜか美しさゆえに求婚者が群がり、ギルバート殿下も巻き込んだ争いになりかけたので神殿へ自らやってきた悲劇の美少女ということになっている。

いったい何がどうなってそうなるのかしら。

きっとみんな噂話に飢《う》えているのだろう。

そして真面目に見習いの修行をしている私を、今のところ面白がっているという状態だ。

みんな悪い人ではないけれど、なんとなく私は彼女たちの空気になじめずにいる。

午前中は聖堂で一時間ほど祈り、昼食までは聖典の勉強をすることになっている。

お祈りの言葉は古風な言い回しが多くて、内容も私には難しい。

ちゃんと勉強をしていたら読むだけでこんなに苦労しなかったのだろうと苦い思いにもなるが、毎日一小節は必ず新しく暗唱できるようになろうと決めている。それを四年続ければさすがに全部覚えられるはずだ。

今日もお祈りをなんとか終わらせ、勉強道具を持って歩いていると、中庭でお茶会めいたものが開かれているのが見えた。

輪の中心にいるのはアランとかいう男性の見習いだ。

ちょうど今朝も洗面所で名前を聞いたばかりだ。

まだ四年間の課程を修了していないけれど治癒師としての力を授かった優秀な人らしい。

令嬢たちと違って、貴族の子息たちはほとんどが家を継げない次男、三男であり、本気で治癒師になろうとしている人は多い。とはいっても四年かけても治癒師になれるかは運だから、街で仲良くなった裕福な家の娘と結婚して婿入りする道を選ぶ人も多いと聞く。

そんな中、三年で治癒師になったアランは整った容姿も相まって、神殿内外を問わず女の子たちの憧れの的なのである。

現に朝挨拶した古株の子たちもアランの追っかけばかりして、神官のブレイクによく叱られているらしい。

ということを聞いてもいないのにみんな教えてくれる。

みんな暇なのね。

などと少し意地悪なことを考えた罰か、一際強い風が回廊を吹き抜けた。

髪の毛が揉《も》みくちゃになって、目の前が見えなくなる。

夜会では見事なウェーブだと誉めそやされた金髪も、こうなってしまえば絡まって仕方がない。

ひどく嫌な気分になって、もう！　と悪態をつきながら、私は柱の陰に急いで隠れる。

ぐちゃぐちゃになった髪を払いのけ視線をあげると、柱を挟んだところにブレイクが立っていた。

「あ、ブレイク様。ごきげんよう」

「ご、ごきげんよう……」

ブレイクは口元をおさえ、なぜか顔をうつむける。

どうしたのだろうと見つめていると、肩がかすかに震え始めた。

どうやら私の頭があまりに大暴れしているので、笑っているらしい。

「……ごめんなさい、お見苦しいでしょう」

でも一度こうなってしまうと、手だけではどうにもならないのだ。

しゅんとうなだれる私に、ブレイクは慌てた調子で謝った。

「いいえ。こちらこそ、女性に対して失礼でした」

彼はごそごそと上着のポケットから青いハンカチを取り出し、こちらへ差し出した。

「よければこれで髪をまとめてください。風が吹くたびにそう髪が荒れていては大変でしょう」

「でも、これはブレイク様の私物では？」

「差し上げます。いらなければ捨ててください」

「まぁ！　そんなことしません！」

「……そうですか」

もらいものを捨てるような人間だと思われていたことが心外で強く否定すると、眼鏡の奥の鋭い目がほんのりと和らいだ気がした。

「ありがとうございます」

受け取ったハンカチは、まるでブレイク本人の性格を表すかのように、ぴっしりと伸ばされしわ一つない。

ふわふわとまとまりのない髪の毛をかき集め、もらったハンカチで縛るとかなりスッキリした。

あとでちゃんと櫛を通して、綺麗に結びなおさなきゃ。

ブレイクは親切にも、私が髪をまとめている間、荷物を預かってくれていた。

そして急にこんなことを言ってきた。

「あなたは本当に修行をするために、ここへ来たんですね。私はあなたのことを勘違いしていたようだ。わからないことがあったら質問をしに来なさい」

「はぁ……ありがとうございます」

よくわからないけれど、私は何か誤解をされていたらしい。

こういうところが世間知らずだと笑われるのだろうか。

でもブレイクが冷血神官だなんて酷いあだ名をつけられるほど冷たい人間ではないことくらいは私にもわかった。

無礼な人、というのは事実だと思うけど。

【3】

今日は治癒院で手伝いをする日だ。受付をしたり、清潔な水や布を運んだり、待っている患者の対応をしたり、急ぎの掃除や洗濯をしたり。つまるところ雑用にあてはまるものはすべてすることになる。

外から見ることは何度かあったが、実際に治癒院の中に入るのは初めてだ。

だだっ広い空間に天幕で仕切りがされ、それぞれの天幕内に治癒師が一人ずつ待機している。手当が終わり次第、次の患者が呼ばれるようだ。

とはいっても人気の治癒師というものはいるようで、特にアランの天幕には若い女性ばかりが列をなしている。見習いの令嬢たちもアランの手伝いに殺到してしまって、そこだけやけに賑《にぎ》わっていた。

それ以外の天幕は静かだが、アランのところに比べればという話であり、誰もがテキパキと忙しそうに働いている。私のように何をすればいいのかわからなくて棒立ちになっている人間は一人もいない。

どこの手伝いをするかは自分で判断するように言われており、私はようやく自分から仕事をもらいにいかなければならないのだということに気が付いた。

忙しそうにしているところに飛び込んでいくのは、正直かなり気が引ける。

けれど何もせずに立っているのは、もっと申し訳ない。

勇気が欲しくて、私は髪を縛っている青いハンカチに触れた。

このまま突っ立っていたら、せっかく認めてくれたブレイクの信頼を裏切るような気がして、体に力がみなぎってくる。

よくよくあたりを見回すと、まだ手伝いがいない天幕があることに気が付いた。

他の見習いの真似をして替えの布をこれでもかと抱えた私は、その一番端の天幕にええいと飛び込んだ。

「お手伝いします！」

「うわっ⁉」

勢いよく飛び込んできた私に、中にいた治癒師が驚いた声をあげる。つられてびっくりして布を取り落としそうになり、治癒師はさらに驚いた様子で崩れかけた布の山を上から抑えた。

「ブレイク様！　おはようございます！」

思いがけず知っている顔に会えて嬉しくなる。

元気よく挨拶する私にブレイクは不愛想におはようございますと返すが、みんなが言うほど冷酷な感じはやはりしない。

だって本当に冷血な神官様なら、さっきみたいにびっくりして声をあげたりしないし、よく見たら驚いた拍子に眼鏡がずれたままだ。

「初めてのお手伝いなので何もわかりませんし、お役に立てるかわからないのですけど、頑張ります！」

ぺこりと頭を下げる私に、ブレイクは呆気にとられた顔をしたが、すぐに素直な自己申告ありがとうございますと笑った。そしてずれた眼鏡をきっちり定位置に戻す。

「あなたが見習いの中でも一番の新人なのはわかっているから大丈夫です。私も難しいことは頼みません」

「わかりました」

「では、最初の方を呼んできてください」

それからはもう怒涛《どとう》だった。

ブレイクは次から次へと患者を治療していき、私はあっちへこっちへと走り回ることとなった。

初めて知ったのだけど、人は忙しすぎると冷や汗が出てくるらしい。

手足に怪我を負った患者のために綺麗な水を汲んでは運び、汚れた布を捨てに行き、待っている患者を呼びに行って、足の悪いおばあさんを付き添いの家族と一緒に支えたり、車輪のついた椅子をとりに走ったり、持ってくるように言われた軟膏の保管場所がわからなくて迷子になりかけて泣きそうになったり、薬の入った瓶のふたを閉め忘れて何度も叱られたり……。

自分では一生懸命やっているのだけど、もたもたしてしまっているのがわかって、すごくつらい。

それでもブレイクは怒ったりはせず、淡々と指示を出し続けた。

「他の人のようにできないのはわかっているから、一つずつ落ち着いてやりなさい」

できないと改めて人に言われてしまうのは正直落ち込むことだったけれど、同時に安心して泣きそうになったのも事実だった。

私はずっと「できない」どころか、「してもらう」ばかりの人間だった。

それでも一つずつ「できた」が増えて、微力でも人の役に立てるのは、すごく大変だけど楽しいことでもあった。


楽しいことではあるけれど、やっぱり私はまだまだ体力も気力も足りないみたいだ。

まだ午前の診療が終わったばかりだというのに、早くも私は疲労困憊だった。走り回った足の裏はずきずき痛いし、頭もくらくらする。

青い顔でフラフラしながら棚の整理をしていると名前を呼ばれた。

「オルヴィアさん。次の患者が終わったら休憩しましょう」

やったー！　と声を出して喜びそうになるのを我慢して、精一杯の笑顔で最後の患者を呼び込む。

「お待たせしました。次の方、中へ」

小さな男の子を抱えた母親が、ものすごい勢いで立ち上がった。

彼女はブレイクの前に座るやいなや、息子の赤い顔を見せる。

「今朝からひどい熱なんです。早くなんとかしてください！」

母親のあまりの剣幕に、横で見ているだけの私は少したじろいでしまった。

そこそこに裕福な家の夫人なのか、身なりは整えられ、指には宝石がはまっている。

ブレイクが淡々と息子の熱を測ったり、首の付け根を触ったりしているあいだも、母親は我慢ならない様子だ。

「風邪ですね。薬を出しますから、一晩よく寝かせてあげなさい」

「治癒してくださらないのですか⁉」

「はい。薬で十分でしょう。あとはよく水分をとらせるように」

「こんなにつらそうなのに？」

「薬で治る病気は、薬で治すべきです」

そんなと呟き、母親はきっとブレイクをにらみつけた。

「自分が疲れているから治療したくないのね！　私、聞いたことがあるわ。見習いの方たちがあなたのことを冷血神官と呼んでいるのを」

「なっ……！」

確かに朝一番からずっと彼は働いていて疲れもしているだろうけど、そんな個人的な感情で治癒を拒むような人ではない。

それに冷血神官だと呼んでいるのは、普段からちゃんと仕事もしていない見習いたちだ。

ああ、もう！　考えないようにしていたけど、見習いの貴族令嬢たちって正直言って怠《なま》け者ばかりだし、ちっとも尊敬できないわ！

言葉を失って固まる私とは対照的に、言われた本人であるはずのブレイクは顔色一つ変えず静かにこう返した。

「私の個人的な事情や感情は抜きに、特に子供の風邪は、治癒魔法ですぐに治さず薬を出して様子を見ると治癒院では決まっているんです」

「薬ってあの酷い味のする粉でしょう？　この子にはあんなもの飲めないわ！」

「湯に溶かして少しずつ飲ませれば、少しはましでしょう」

「もういいです！　他の治癒師の方に診てもらいます！　あちらの新しい治癒師の方は、あなたみたいにぐずぐず言わずになんでもすぐに治してくれるらしいですし。やっぱり平民あがりの治癒師はケチで駄目ね！」

捨て台詞を吐き、母親は猛然と天幕を出ていった。

ひらひらと揺れる入口の布を呆然と見つめていると、ふぅーとブレイクは息を吐きだしのびのびと背伸びをする。

「あの……」

飄々《ひょうひょう》とした仕草が意外で、私は少し驚いてしまった。

「お疲れ様です。午後からはいつも通り、宿舎で仕事をしてください。昼食は食べられそうですか？」

「は、はい……」

ならばさっさと行けとばかりに片づけを始めるブレイクに、私は恐る恐る尋ねた。

「ブレイク様はどうしてさっきの子供を治療してあげなかったんですか？」

「子供のころから治癒でなんでも治していると、ちょっとした病気でも体が抵抗できないまま大きくなってしまいます。この治癒院がいつも人であふれているのも、そういう体が弱いまま大きくなった人々が多いからです。彼らはちょっとした風邪や食あたりでも治癒してもらえばいいという感覚だから、自分も自分の子供もすぐにここに連れてくるし、治癒しても体は弱いままだからまた病気にかかる」

「だから薬で治せるものは治す？」

「そうです。……苦しむ我が子を見ていられないという親の気持ちも、わからないことはないですが」

「だからってさっきの人は酷いと思います。あんな……」

酷いあだ名をわざわざ本人に言うなんて。

言いよどむ私に、ブレイクは苦笑する。

「冷血神官と呼ばれていることは知っています。実際、私はあまり愛想がいい方ではない」

「そんなことありません！　いえ、確かに決して愛想がいい方ではないですけど、でも冷血は言いすぎです！　だいたい人間は温血動物だって、この間勉強して私ですら理解しているのに！」

そんなことを言う人の方がよっぽど冷血ではないか。

拳を握りしめて力説した私に、ブレイクはぽかんとしたのち、うつむいて笑い始めた。

なんだか前も同じことがあったような。

「はぁ……まったく励ましたいのか、それとも本気で言っているのか。でも、ありがとうございます」

お礼を言われるようなことは何もしていないと思うのだけど……。

納得いかない顔をしていると、再び笑われる。

ブレイクはやっぱり無礼な人だ。

別に笑われて嫌な感じはしないけど。

「オルヴィアさん、その……よかったら、一緒に昼食をとりませんか？」

えっと短い声を上げると、彼は目をそらしてずれてもいない眼鏡の位置を直した。

「いえ、やっぱり……」

「もちろん行きます。一緒に食べましょう」

もしかして、私と仲良くなりたいと思ってくれたのだろうか。

なんだかんだで貴族宿舎では友達もいないし、その前から個人的に誰かと親しくするという経験が少なかった私は、彼からの思いがけない申し出に一気に嬉しくなってしまった。

ギルバート殿下とは友達のつもりだったけれど、そうでなかったことを知った今となっては、これが初めての友達かもしれない。

「私、お友達とお昼を食べるの初めてです」

「お友達ですか」

「あ、慣れ慣れしかったでしょうか……」

見習いとして良くない態度だったかもしれない。

萎れる私に、ブレイクはゆるゆると首を横に振った。

「いいえ。むしろ光栄なことです」

ブレイクでも冗談を言うのだなと、その時は思ったのだけれど、後から思えば彼は案外本気で言っていたのかもしれない。

この時の私はまだ、自分が人からどう見られているかなんて何一つわかっていなかったのだ。

【4】

『大好きなお姉様へ

神殿で暮らし始めてもうすぐ三か月が経ちます。送っていただいた毛布で、昨晩もぐっすり眠れました。

お母様の体調はいかがですか？　お父様が変わられて、跡継ぎをどうするかお母様と揉めていると聞きました。お母様は私が神殿から戻ったら婿をとらせ、私に伯爵家を継がせるつもりでいらっしゃるようですが、私にはその気はありません。従兄のマルクスは真面目な良い人です。私のことを気にかけて先日、お手紙と素敵な色の糸を贈ってくださいました。きっと良い領主になることでしょう。お母様には私が自分で諦めてほしいと手紙を送って説得しますので、お姉様はあまり心を痛めませんように。もう十分苦労なさったのですから、少しくらい知らんぷりをしても良いと私は思います。

それよりも結婚式はいつ頃になりそうですか？　お姉様のことが大好きなサディアス様ですから、すぐにでも式をあげたいとおっしゃっている姿が、前回の手紙を読んでありありと浮かび私も笑顔になってしまいました。

そうそう。仲良くしてくださっている神官の方が、親族の結婚式であれば数日神殿から出ても良いとおっしゃってくれました。ご迷惑にならないのでしたら、お姉様の結婚式には出席させていただきたいと思っています。

私の方はつつがなく過ごしています。良くしてくださっている神官の方、ブレイク様とおっしゃるのですが、今度一緒に往診というものに行くことになりました。治癒院まで来ることができない患者さんのところへ出向いて回るのだそうです。ブレイク様は治癒師としてとても立派な方なのに、彼のことを良く思わない人も多く、それが歯がゆい毎日です。せめて一日でも早く彼の役に立てる見習いになりたいと思います。

冬の気配が近づいています。お姉様は毎年冬になると手足が冷たいとおっしゃっていましたから、ショウガを絞った汁をハチミツと一緒に湯に溶かした飲み物を召し上がってみてください。あまりショウガを入れすぎると咳《せ》き込んでしまうので、お気を付けて。私もこの間作り方を教えてもらったのですが、入れる量を間違えて、ブレイク様のお顔が爆発してしまいそうなほどに咳き込ませてしまいました。お姉様もご自身やサディアス様のために作る時は、くれぐれもお気を付けください。

オルヴィアより』

神殿のあるメレヴから幌《ほろ》馬車で二時間ほど進んで、ようやく村が見えてきた。

途中整備されていない道があったせいで、お尻がとても痛い。もしかしたら四つに割れてしまったかもしれないと思うほどだ。

刈り取りが終わった畑が続く風景は寂しいもので、頬を撫ぜる風も心なしか鋭い。

「ここいらの村は若い人が都市に働きにいっているので、お年寄りばかりなんです」

「具合が悪くても連れていってくれる人がいないのですね」

「ええ。土地的にも決して豊かではないので、年々小さくなっています。私の生まれた村よりはましですが」

「ブレイク様はどちらの出身なのですか？」

ブレイクは口を何度か開いたり閉じたりして、北ですとだけ言った。

彼がこういうふうに言いよどむ時は、たいてい私には残酷だとか聞かせるべきではないと思っている時なのだと、ここ最近わかるようになってきていたので、私は少し意固地になって教えてくださいと迫った。

「……私が生まれた村は北の貧しい村でした。ある日、旅の一団がやってきて彼らが去ったあと、流行り病が村を襲いました」

「恐ろしい病だったのですか？」

「はい。ほとんどの村人が倒れ、幸か不幸かまだ病にかかっていなかった私は助けを呼びに隣の村へ走りました。けれど私たちの住む地域にはまともな治癒師どころか治癒院すらなく、戻った頃にはみんな亡くなっていました」

故郷を見つめるかのように、彼は遠くの稜線を見つめた。

その青い瞳はとても静かで深く、私は吸い込まれそうになる。

「私はそれから神殿の下働きとなり、十年かけて治癒師になりました。今の立場になれたのも、奇跡のようなものです」

「きっと神様はブレイク様の頑張りを見てらっしゃったのね」

「そういう意見も、まぁあるとは思いますが……」

「どうしてそんな苦いお顔をなさるの？」

ブレイクはなんでもないと首を振り、遠くを見つめて微笑んだ。

「きっとオルヴィアさんは良い治癒師になれる」

そんなことはないと言おうとしたが、ちょうど村に到着したためにそのタイミングは失われてしまった。

「さ、着きました。そこの鞄《かばん》を持って、ついてきてください」

「はい！」

道具や薬がたくさん詰まったずっしりと重たい鞄を持って、役場に入るとそこには村のほとんどの人が集まっていた。

話に聞いたとおりお年寄りが多く、役場は人でいっぱいなのにどことなく精気に欠けていた。

「ブレイク先生、お越しいただきありがとうございます」

比較的若い中年の男性が出てきて、ブレイクと親しげに握手を交わした。

「今日は助手も連れてきました。シーラの診察を彼女にさせても？」

「もちろんです。よろしくお願いします」

深々と頭を下げられ、慌ててこちらも頭を下げる。

シーラとは誰だろう。

疑問に思っていると、ブレイクに手招きされ別室へと連れていかれた。

「シーラ、入るよ」

聞いたこともない柔らかい声でブレイクはドアを叩く。

妙に胸騒ぎを覚えて、私はドアが開くのをぎゅっと体を硬くして見つめた。

簡素なベッドの上に、小さな女の子がいた。

なんだ、子供か。

無意識にほっとして、なんでそんなことを思ったのだろうと首を傾げた。

「こんにちは、ブレイク先生」

紙のように真っ白な顔で少女は笑う。

「こんにちは。調子はどうだい？」

ブレイクは近所の優しいお兄さんといった顔で、彼女のベッドわきの椅子に腰かけた。

「今日はまだ鼻血出てないよ。ご飯は食べられなかったけど……」

「そうか。薬は飲めたかい？」

指でちょっとと示し、二人は笑いあう。

「ねぇ、あそこのお姉さんは？」

シーラの瞳が私を見る。やせ細っているせいで、彼女の目は大きく印象的だった。

ブレイクに促され、私もそばまで寄って自己紹介をする。

「オルヴィアです。よろしくね」

「わぁ！　すごく綺麗……！　こんなに綺麗な人、初めて見た！」

シーラは目を輝かせた。

「ありがとう」

「オルヴィアさん、少しの間シーラの話し相手をしてあげてください」

「わかりました」

「では、シーラ。またあとで」

ブレイクが去り、部屋にシーラと二人きりで残される。

彼女は先ほど挨拶してくれた男性の娘で、生まれた時から体が弱く、一日のほとんどをベッドの上で過ごしているのだという。

そして外の世界に強い興味を抱いていた。

年頃の女の子らしい、綺麗なもの、華やかなものへの憧れを抱いていた。

「どうせ何をしても具合が悪くなるのだから、ちょっと外に出たっていいと思わない？」

そうふてくされる顔は、まるで昔の私のようだ。

いや、私よりもはるかに彼女の状態が悪いことは一目瞭然だった。

私は二十歳を超えられるかどうかと言われていたけれど、この子は……。

「オルヴィアさんはブレイク先生の恋人？」

「えぇっ⁉」

予想外の質問に椅子から転げ落ちそうになる。

「ち、違います！」

「そうなの？　なぁんだ」

つまらなそうに鼻を鳴らすが、次の瞬間にはまたピカピカ光る目でもって彼女は私に問いかける。

「じゃあブレイク先生のことどう思う？」

「え、えぇ？　えっと、立派な方だと思うけれど」

「でもブレイク先生ってけっこう格好いいでしょう？　真面目過ぎて面白くないけど、ここまで来てくれる治癒師なんて先生だけだよ。私が大人になったら先生と結婚してあげてもいいんだけど、それは無理だから」

「シーラ……」

「いいの。私、十分幸せだから。ほら、見て」

シーラは窓を指さし、痛ましく衰えた顔で笑った。

窓の外には美しく整えられた庭が見える。

冬でも殺風景にならないようにか、裸の木々には色とりどりの飾りが施されていた。

「みんなが私のために作ってくれた庭が見えるでしょう。私だけの景色なんだ！」

そう言ってシーラは笑う。

胸が痛くなって、喉に言葉が詰まってしまう。

私には無理にでも微笑んで、頷いてやることしかできなかった。


ブレイクの様子を見てくると嘘をついて、私は部屋を出た。

数歩も歩かないうちに涙があふれてきて、その場にうずくまってしまう。

まだ三か月くらいしか修行をしていない身だけれど、シーラの病気がそこらの治癒師では治せないことくらいわかる。

私の体ですら、王宮の治癒師でしか治せなかったのだから。

たぶんブレイクがこの村に定期的に通っていなければ、彼女は今あの窓から外を眺めることすらできていない。

自分が二十歳まで生きられるかわからないと知った時、私はそんなものだろうと受け入れた気がする。そしてそれがどんなに悲しいことか、周囲の人々が心を痛めたのか、よくわかっていなかった。

だって物心ついた時から、人並みの生活なんて知らなった。

走る喜びも、汗を流す満足感も、ぐっすり眠ることすら知らなかった。

ただ漫然と生きることは苦しいことなのだと。

生きるということは、うすぼんやりとした苦痛に包まれた夢のようなものだと思っていた。

だから周りがどうしてそこまで悲しむのかわからなかった。

けれど今ならわかる。

「オルヴィアさん」

そっと目の前にブレイクがしゃがみこむ気配があった。

彼は膝《ひざ》に顔をうずめて泣く私に、静かに語りかける。

「あなたが真面目に修行をしているからこそ、今日ここに連れてきました。私を恨みますか？」

こうなるとわかっていて連れてきたことを、彼は謝罪しているらしかった。

首をふるふると振ると、かすかに安堵したようなため息が聞こえる。

「あの子をかわいそうだと思いますか」

「……はい」

だってシーラはきっとまともな幸せというものを知らないまま、一生を終えてしまう。

人並みの幸せ。

人並みの生活。

人並みの喜び。

「普通や当たり前を知らない人生が不幸だと、私は決めつけたくありません。でもそれは知らないから不幸じゃないというだけで、それでいいわけない……いいわけないのに……」

私にできることはほとんどないのだ。

たとえ治癒師になったとしても、きっとすべての人を救えるわけじゃない。

そんな中で運良く救われた私は、何をしたらいいのだろう。

私には何ができるのだろう。

「あなたはきっと良い治癒師になれる」

静かに泣き続ける私をブレイクは抱きしめた。

ブレイクの腕の中はお父様のものとも、ギルバート殿下のものとも違っていて、それなのになぜかひどく懐かしく心地よい場所だった。

【5】

往診に行った日以来、私は自主的に治癒院で手伝いをするようになった。

朝早くに誰もいない聖堂で祈り、治癒院で手伝いをしたり、ブレイクの往診についていったり、そして夜は自室で勉強をする。暇な時間なんてほとんどない。

時々昼までぐっすり眠りたいと思うけれど、ブレイクからもらった青いハンカチで髪を結ぶと自然と身がひきしまるのだ。

そんな私を貴族宿舎の見習いたちは変人を見る目で見てくるけど、もともと仲良くもないからたいして気にしていない。対立したいとも思っていないし、しているつもりもないけれど、率先して輪に入れてもらいたいとも思わないからあくまで隣人として付き合っているつもりだ。

カミラもほとんど話しかけてこなくなった。きっと私がいつまで経っても自分の仲間になろうとしないから興味を失ったのだろう。

それよりもブレイク以外の治癒師やお手伝いの人たち、よく来る患者たちと仲良くなれたことの方が、私にはずっと嬉しいことだった。

「オルヴィアさん、今日も手伝い？」

「はい。ティアナさんは昨日のお休み、ゆっくり過ごせましたか？」

「おかげさまで。オルヴィアさんが手伝ってくれるようになってから、少し楽になったわ」

「まだまだできることは少ないですけどね」

最近特に仲良くなった治癒師のティアナは、貴族出身の女性だ。

治癒師としてここに残る貴族の女性は珍しい。彼女は治癒師になりたいと思っている私のことをもよく気にかけてくれる。

「じゃあ今日の午後は、軟膏《なんこう》の作り方を教えるわね」

「よろしくお願いします」

「なんだと！　オルヴィアさんがいなかったら、午後の楽しみがなくなるじゃないか！」

唐突に天幕から顔を出した治癒師たちからブーイングが起きる。

みんなすっかり見慣れた顔ばかりだ。

「おじさん神官たちの言うことは気にしなくていいわよ」

「みなさん、今日も頑張りましょうね！」

軽く手を振ると、みんな笑って手を振り返してくれる。

強面で有名な治癒師も、照れた様子でちょいと手を振り返してくれた。

自分の容姿が整っているのは知っていたけど、こんなふうに誰かを元気づけたりすることに活用できるならもっと使い方を覚えていきたいなと思う。

「オルヴィアさん」

「おはようございます、ブレイク様！」

今日もぴっしりと隙なく神官服に身を包んだブレイクが現れ、私はついつい笑顔になる。

治癒院での知り合いがどんなに増えても、彼の顔を見るとすごく安心するのだ。

「おはようございます。さっそくで悪いのですが、この紙に書いてあるものを持ってきてくれませんか？」

「わかりました」

「張り切りすぎてまたこけないように」

先日こけて籠の中の洗濯物を盛大にぶちまけたことを誰かから聞いたらしい。

「こけません！」

「本当ですか？　オルヴィアさんは案外どんくさいですからね」

そんなことはない、と思いたいけれど、一瞬納得しそうになった自分もいる。

悔しくて失礼な！　と言い返すと、ブレイクはひらひら手を振りながら天幕に戻っていった。

相変わらず無礼な人だ。

頼まれたものを倉庫で手際よく見つけるのも、もうお手のものだ。初日は食堂でどこに座るかすら決められず立ち尽くしていたことを考えると、我ながら自身の成長を誇らしく思う。

治癒院へ戻るには中庭を通るのが一番の近道だ。

冬に向けて葉を落とす木々を横目に歩いていると、背後から名前を呼ばれた気がした。

誰だろうと足を止めると、アランが小走りでそばまで寄ってきた。

「オルヴィアは歩くのが早いんだね。何度か声をかけたんだけど」

「ごめんなさい。気が付かなくて」

「いいよ。それより今日も治癒院の手伝いを？」

彼は私の手の中のものに視線をやって、持つよと爽《さわ》やかに笑った。

「軽いので大丈夫です」

「いいから貸してごらん」

荷物をとるついでに、さりげなく手を握られた気がする。

ちょっと嫌な気持ちになったけれど、持ってくれるというので任せることにした。

「毎日自主的に治癒院の手伝いをしているんだってね」

「ええ。アラン様は今日はお休みですか？」

「様なんてやめてくれ。本当なら君の方が身分が高いのだし」

「神殿で身分の話をするなんて、アラン様は真面目《まじめ》なのね」

ちょっとした嫌味のつもりで言い返すと、アランは愉快《ゆかい》そうに歯を見せる。

たしかに整った容姿だなと思うけれど、ギルバート殿下やお姉様の婚約者のサディアス様に比べればそこそこという感じだ。

まぁサディアス様ほど綺麗な男の人も、そうそういないのだけれど。

それに格好いいという点では、私はいつもきっちり神官服を着て、背筋を伸ばしているブレイク様の方が……。

「ブレイク神官と仲良くしているって聞いたけど、もしかして弱みでも握られているのかい？」

「弱み？」

まさにブレイクのことを考えていた最中だったので、驚いて素っ頓狂な声が出てしまった。

質問の意味がわからず見上げる私に、彼は大真面目な顔で続けた。

「君のようなか弱い女性に物を運ばせるなんて、俺なら絶対にしないな」

「私、そんなにか弱くはありません」

みんな普通にやっている仕事だ。それもできないほどか弱いと言われるのは、あまり愉快なことではなかった。

「そうかな？　凄んでもそんなに可愛いのに」

話しても無駄だと思われてきて、私は無言で前を向いた。そんな私の様子を見て、彼は拗《す》ねたのだと勘違いしたらしい。頭上からクスクスと忍び笑いが聞こえた。

「とにかく、みんなが君のことを心配している。もちろん俺も」

「はぁ……」

私がブレイクに弱みを握られているのも、みんなに心配されているのも、何もかもが初耳だ。

アランはさりげなく体を寄せて言った。

「よかったら相談に乗るよ。俺なら君を守れると思うんだ。今度一緒に夕食でもどうかな？」

ようやく彼に誘われているのだと気が付き、私はものすごく嫌な気分になった。

どうして男の人ってすぐに私のことを守るだとか、か弱いだとか言うのだろう。

そりゃ手伝ってくれるのはありがたいけれど、あまりに過剰だと馬鹿にされているような気持ちになる。

私はそれからも一生懸命に口説いてくるアランに適当な相槌を打ちながら、少し寄り道することにした。

「ありがとうございます。アラン様はお優しいのですね」

「はは、そんなことは」

「ではこちらと」

鼻の下を伸ばしているアランからいったん籠《かご》を取り戻し、空いた腕の中にドンと重たい箱を押し付ける。蒸留した水とアルコールの瓶でいっぱいの箱だ。私は持ち上げただけで腕が痺《しび》れるけれど、男の人には十分運べる重さのはずだ。

「こちらも」

その上にさらにぎっちりと布が詰まった籠を乗せると、さすがにアランもよたよたとその場で足踏みした。

もちろん自分も籠を抱え、私はにっこりと笑う。

「さ、行きますよ！」

「え、ち、ちょ……！」

「あっ！　ティアナさーん！　少なくなっていた蒸留水とか布の補充も持ってきました！」

「ちょっと待って……！」

「アラン様、しっかりなさって！　あと少しですよ！」

今後も声をかけてきたら、遠慮なく手伝ってもらおう。

夕食の誘いを受けるかは別だけどね。

今日も一日頑張ってクタクタになりながら自室に戻ろうとしたら、貴族宿舎の前で数人の見習いたちが立っていた。

一番前を陣取っているのは、貴族宿舎のリーダーを気取っているカミラだ。

彼女は見るからに不機嫌な顔で腕組みをして立っている。その背後で他の見習いたちが横に広がって通せんぼしていた。

「オルヴィアさん。あなた昼間にアラン様に重い荷物を押し付けたらしいですわね。アラン様が手を痛めたらどうするおつもりなの？」

「お手伝いしてくださるとのことでしたので、ご厚意に甘えただけですわ」

「あなた自分が特別だと勘違いなさっているんじゃないの？」

「はぁ」

「なんなのその気の抜けた返事は？　あなたは治癒師でもない見習いなのよ。それが毎日治癒院に通って、アラン様にまで仕事を押し付けて、厚かましい」

「そうよ。あなたが働きすぎるせいで、私たちが怠けていると思われるのよ」

怠けていると思われるって、怠けているのは事実なのでは？　と言いかけたが、寸でのところで呑み込んだ。

彼女たちは私が気に食わなくてしかたないようだけど、私は別になんとも思っていないからだ。

「伯爵家のご令嬢がどうして見習いになりにきたのかと不思議に思っていましたけれど、あなた、ギルバート殿下に恥をかかせて王都を追いやられたそうじゃないの。とんでもない方だわ」

「確かにギルバート殿下にはご迷惑をおかけしましたけど、ここに来たのは自分の意思です」

「いまさら謙虚ぶらなくてよろしくってよ」

「どうせギルバート殿下に色目を使って追放されたんでしょう。アラン様まで誘惑して、なんて方なのかしら！」

「綺麗な見た目に騙されるところだったわ！」

「妖精姫、でしたっけ？」

カミラは馬鹿にしたふうに夜会での私のあだ名を呟き、はんと鼻で笑った。

「妖精は妖精でも、男を惑わす悪い妖精だったのかしら」

「悪魔か魔女の間違いではなくって？」

「本当、顔だけは綺麗」

「ありがとうございます」

顔が綺麗なのは確かに取り柄なのでお礼を言うと、カミラは顔を真っ赤にした。

「褒めてないわよ！」

ぎゃんと吠えられ、ちょっと耳がキーンとした。

他の見習いたちも理解できない生き物を目の当たりにしたような顔をしている。

「皆さんの言う通り、私は顔だけは綺麗な女ですから難しいことはわかりませんわ。だからみなさんのご意見を謹んで受け止め、神官様やアラン様ご本人にも伝えさせていただこうかと思います。怠けていると思われていることをみなさんが悩んでいたと伝えれば、きっと神官の方々も喜んで仕事を割り振ってくださいますよ」

「なっ⁉」

わなわなとカミラの肩が震えた。

「馬鹿にするのもたいがいにしなさいよ！」

彼女はくわっと目を見開き、私の髪をひっつかもうと手を伸ばした。

「嫌っ！」

ブレイクにもらったハンカチに触れられるのが嫌で、私は大きく身をよじる。

爪が掠めて頬にピリリとした痛みが走った。

「そこで何をしている！」

まるで雷が落ちるような声。

はっと動きを止めたカミラは、こちらへ走ってくるブレイクの姿を認めてさっと青ざめた。

「こ、これは……」

「何をしていると聞いている」

珍しく声を荒らげるブレイクに、彼女はおろおろと視線をさまよわせる。

普段は彼の陰口をたたいていても、彼が自分たちの監督役であることはちゃんとわかっているらしい。

「なんでもありません」

答えに窮《きゅう》する彼女たちに代わって答えると、カミラも他の見習いもブレイクまでもが私に信じられないものを見るような目を向けた。

「そうよね？　今日のところは」

一音一音はっきりと発音する。

カミラは歯を食いしばり、私をにらみつけた。

こちらも負けずににらみ返す。

「カミラ……」

仲間に腕をひかれ、彼女はようやく何もなかったと言葉にした。

「……わかりました。ですがもう消灯時間です。早く中に入りなさい」

そそくさと去っていく彼女たちに向かって、ブレイクはもう一言付け加える。

「この場にいる全員の顔は覚えましたからね」

つまり二度目は許さないということだ。

ブレイク様って案外女々しい脅し方をするのね、と助けてもらっておきながら失礼なことを思った。

私も無礼な人間になってきたのかも。

「大丈夫ですか？　オルヴィアさん」

「はい。ありがとうございます」

素直に礼を言う私に、彼は変なものを食べたみたいな顔をした。

「本当にあれでよかったんですか？　今からでも処罰を与えることも……」

「いいんです。確かにひっつかまれそうにはなりましたけれど、私は別に彼女たちに酷い目にあってほしいとも思いません。それにこれでもう向こうも不用意に関わろうとはしないでしょう」

「あなたがそれでいいなら、いいのですが」

ブレイクは私を気遣って手をのばそうとしたが、その手は触れる前に止まってうろうろとさまよう。

その妙な動きを見ているうちに急に緊張がとけてしまい、私はその場に座り込んだ。

「大丈夫ですか？」

「ふふ、気が抜けちゃった」

「何もおかしくないでしょう」

私に合わせて、ブレイクは白い神官服が汚れるのも気にせずにひざまずく。

そういえば初めて会った日に彼の服の裾が汚れているのが妙に印象に残っていたけれど、きっとこの人はこんなふうにすぐ誰かを心配してひざまずく人だから、裾が汚れてしまうのだろう。

私は彼のそういうところをとても好ましく、そして尊敬しているのだと、急に気が付いた。

「頬に傷が」

「え？」

自分の頬を指さしブレイクは、ここにと教えてくれる。

合わせ鏡のように自分の頬の同じところに触れると、微かな痛みが走った。見ると指先にちょっとだけ血もついている。後で軟膏を塗らなくちゃ。

「失礼」

彼がそっと頬に触れると、ぽわぽわと傷のまわりが温かくなっていく。ひりつく痛みはすぐになくなった。それは王宮の治癒師に治癒魔法を使われた時の感覚とよく似ていた。

ハンカチで傷のあったあたりを拭い、ブレイクはよしと呟く。

「もしかして今、治癒を？」

戸惑い尋ねると、彼は怪訝そうに頷く。

「軟膏でも塗れば治るのに」

「顔に痕《あと》が残ったら大変だ」

「ブレイク様でもそんなことを言うんですね」

なんだか今日はたとえブレイクにでも顔のことを言われるのが嫌で、私はうつむいた。

「私のことをなんだと思っているんですか。女性にとって顔が大切なことくらい理解しています」

心外だと憤るブレイクに、自分がやや自意識過剰になっていたことに気付き猛烈に恥ずかしくなった。てっきり彼もせっかくの可愛い顔がとか、綺麗な顔がとか、言うと思ったのだ。

彼が治癒してくれた頬は、どれほど触っても傷の痕跡すら感じられない。

「私、本当に治癒師になれるでしょうか？」

こんな凄いことが、いつか私にもできるようになるのだろうか。途端に不安になって、怖くなる。

もしも治癒師になれなかったら？

うつむいたままの私の背に、温かな手のひらが添えられた。

「私はここで十数年過ごしてきたので、治癒師になれる人間がなんとなくわかります。あなたはきっとなれる。治癒師にも、ここを変える人間にも」

脳裏にはあの夜の光景が蘇っていた。

私の前にひざまずくギルバート殿下。その背後から見つめる無数の瞳。

そのすべてが私に期待していた。

あの時、私が感じたのは恐怖だった。

殿下の手を取り、彼の妻になることを選ぶこと。その先に待っている人生。それを無責任に期待する人々の目。すべてが恐怖でしかなかった。

怖くて、逃げたくて、嫌だと叫んだ。

そんな私にブレイクは期待していると言う。

もしも私にそれほどの価値がなかったら、彼はどうするのだろう。失望するのだろうか。

「私はそんな立派な人間にはなれません」

世間知らずに育ち、お姉様に比べれば頭だって良くない。できないことばかりで、あるのは美しい見た目と身分だけ。それも私自身が努力して手に入れたものではないのだ。

両手を胸の前で握りしめ、体を小さく縮めた。

しかしブレイクは励ましも、困りもせずに、なぜか笑った。そしてこう言ったのだ。

「かもしれない。これは私の勝手な期待です。だから私はこれからも勝手にあなたを応援するし、手助けします」

驚いて見上げると、彼は子供を諭《さと》す大人のような目で私を見ていた。

ここは普通、いいやできると励ますところではないだろうか。いや、そう言って欲しかったわけではないのだけれど、でも言われないのも少し寂しい。複雑な気持ちだ。

「私が嫌だって言ったら？」

「その時は潔く諦めます」

あっけらかんと言い放ち、ブレイクは微笑む。

勝手に期待して、勝手に手助けして、勝手に諦めるつもりまで決めているのだから、もう苦笑いするしかなかった。

「……変な人」

「よく言われます」

とうとうオルヴィアさんにも言われてしまいましたと、普段はしないくせに場を和ませるようなことを言う。

自分にはできないと、頑なになって、怖がっていたのが急に馬鹿らしくなった。

そこで初めて、私自身は彼の期待するような人物になりたいのだろうかという疑問が浮かんだ。なれるなれない、ではなく、なりたいかどうかを純粋に考えてみようと思ったのだ。

ここに来てからの日々が走馬灯のように駆け巡る。気付けば私は熱に浮かされたように、ブレイクに夢を語り始めていた。

「例えば、貴族の見習いも本気で治癒師になりたい人だけ来られるようにするとか」

「はい」

「シーラのような子が少しでも元気に長生きできるように、治癒師のいる場所で過ごせる施設を作ったり」

「ぜひやりましょう」

「家族も近くで過ごせるようにしたいです。あと、治癒院がなかったり、行くことができない人たちのいる地域を定期的に回る制度も作りたいです」

そのためには、私は偉くならないといけない。人から注目されて、話を聞いてもらって信頼してもらって、それに偉くなって、お金もたくさん用意できるようにならなきゃいけない。

そうか。そうなんだ。

そのために必要なものはもう持っているんだ。

「私、自分が伯爵家の娘で、人より目立つ容姿をしていることをここに来てやっと自覚しました。私は私が思うよりも影響力を持っていて、人の注目から逃れることはできないことも。……だからブレイク様は、私に夢を託そうとしているのですね」

ふっと彼の顔から表情が消えた。

「ばれましたか」

「ばれました」

彼がもともとの身分が低いことに劣等感を抱いていて、私に恋愛的ではない何かを求めていることにはなんとなく気が付いていた。

それが今、はっきりした。

彼は私に叶えてほしいのだ。

自分にはできない改革を。

やっぱり無礼な人。

自分ではできないことを、自分勝手にこんな小娘に託そうとするなんて。しかも自分勝手なことは百も承知なのだから、余計たちが悪い。

じゃあ、私も多少は無茶を言ってもいいよね。

「それなら責任をとって私と一緒に頑張ってください」

私はまだまだ弱く、世間知らずだから。彼のような人がそばでいろいろ教えてくれなければ、きっと途中で挫《くじ》けてしまう。だから勝手にもう大丈夫だろうと導く手を離されては困るし、何より寂しいではないか。

「誰かに託すのではなく、私と一緒に一生頑張ってください」

ブレイクは数度瞬きをした。

まるでこうなることはちっとも想像していなかったとでもいうかのように。

しかし私が本気であることを悟ったのだろう。彼は困惑しつつも、小さく頷く。

「それはもちろんかまいませんが、そうなるとあなたも一生ここで過ごすことになりますよ。私はもとよりそのつもりでしたが……」

あら、全然意味がわかっていないみたい。

鈍感な人にもわかるように、ちゃんと言葉にしてあげるかと、私はにっこり微笑んで、こう付け加えた。

「ええ、だから私が婚期を逃したら、責任をとって私と結婚してくださいね」

「へ?」

聞いたこともない間抜けな声を上げて、ブレイクは固まった。

彼は数秒かけてようやく理解したのか、急に立ち上がりよろよろと後退る。

「いやいやいや……!」

「婚期を逃す前にブレイク様から求婚してくださったら、もっと嬉しいですけど」

そんなに嫌がらなくたっていいじゃないかと思いつつ、私も立ち上がりお尻についた砂を払った。

「求婚!?　いやいや、私は平民出身ですし……!」

人に一生かかる夢を託そうとしておいて何を言っているのやら。

真っ赤になって慌てふためくブレイクをじっとりと見やってから、私はちょっとしたいたずらを思いついた。

「えいっ」

掛け声とともにブレイクに抱き着く。

薬の苦い匂いと、汗の匂いがする。

忙しい人だから、今日も一日動き回っていたのだろう。

そう思うと、とても愛おしい心地になった。

「ワーッ!?」

ブレイクはまるで棒みたいに体を硬直させて、爆発しそうに赤い顔で叫んだ。

男の人に自分から抱き着くなんてはしたないこと初めてしたけれど、案外楽しいものだ。もちろん相手がブレイクでなければする気はないのだけれど。

そう、つまるところ、私は彼が好きなのである。

本で読んだようなときめきも苦しさもないけれど、彼が好きだ。人としても、男の人としても。

ずっと一緒にいたいと思うし、そばで見守って、先を導いて欲しい。

それにブレイクの方も、反応を見るに私のことを恋愛対象として見られない、ということはなさそう。

よしよし。

「な、な、な」

「よろしくお願いしますね、ブレイク様」


私はこれから、したたかになるだろうし、ずる賢くもなるだろう。

いろんな人に嫌われて、良い人間ではいられない時もあるかもしれない。

それでも歩いていくと決めた。

私だけが運良く健康な体になれたことに意味があったのだと、私にしかできないことがあったのだと、いつか胸を張れるように。

ブレイクが私にならできると言ってくれたから。

私は彼と並んで誇れる私になろうと思う。

サディアスと求婚事情

失恋した男からは、じめじめとした土の臭いがする。

掘り返した日陰の黒い土の臭い。

悪臭とまではいわないが、食欲をそそる良い匂いとはいいがたく、ずっと嗅《か》いでいるとまだ食べてもいないのに舌の根がじんわりと苦く痺《しび》れるような気がした。

「どうしてなんだ、オルヴィア……」

失恋の負の感情を垂れ流し、ギルバート殿下は呻《うめ》く。ソファに倒れこむようにして嘆く姿は、普段の姿からは想像できないほどに情けない。

王宮に呼ばれて来てみれば、まさか失恋中の王子のおもりをさせられるとは。

先日、王妃主催の夜会が催された。そこで国王夫妻の長男ギルバートが、かねてより求愛していたオルヴィア・アドラーにプロポーズし、衆人の前で見事に振られた。というのが事の顚末である。

そして僕はオルヴィアの姉、アマーリエをエスコートして当日その場にいた一人であり、父が国王陛下と親しかったためか彼の息子を慰める係として呼び出された。

最悪、使い物にならなくなりそうだったらさくっと未練とか食べちゃってよ、と国王に頼まれた時は思わず顔が引きつったが。

最近体調が良くなったからといって、そうほいほい呼び出されても困る。人のことを便利屋とでも思っているのか。そもそも今日も昼から悪食公爵への来訪予定があったのを、国王からの呼び出しだからと優先してきたのだ。アマーリエが僕の体調を考えながら組んでくれたスケジュールだったのに、こんなことなら国王の呼び出しなんて断ればよかった。

今頃、アマーリエは断りの連絡に追われていることだろう。そんなことはしなくていい、使用人たちにやらせるから大丈夫だと言ってきたけれども、彼女のことだから一緒になって仕事をしていることだろう。

出がけに鼻をかすめた彼女の感情の匂いが蘇る。

僕たちトラレスの一族は、人の感情を食べて生きている。

普通の食事もできるが、僕は特に先祖に近いのか普通の食事は体があまり受け付けない。一方で感情を直接食さなくても、匂いである程度のことはわかってしまう。

アマーリエからはやる気の匂いがした。

それに完全にマーサたちと仕事を頑張るぞ、みたいな顔もしていた。

本当のところをいうと、僕も彼女に任せるのが一番安心だしありがたい。まだ結婚もしていないのに、すっかりアマーリエはトラレス家になくてはならない存在になっていた。

そう、まだ結婚していないのだ。

婚約どころかプロポーズも。

僕はこんなところでギルバート殿下のおもりをしている場合ではないのではないか。

アマーリエの家のことが落ち着いたら、彼女の気持ちが落ち着いたら、オルヴィアの今後が決まったら……先延ばしにしているつもりはないけれど、適切なタイミングをうかがいすぎてなかなか言い出せずにいる。

中途半端な恋人でもない関係のまま、アマーリエに仕事や食生活の面でおおいに助けられている今の状態は、よく考えなくとも健全ではない。

それはそれとして、今日のアマーリエも可憐だった。

若葉色のワンピースがとても軽やかで、彼女の栗色の髪ともよく合っていた。金細工の髪飾りも上品で……。

考えれば考えるほどに飢餓感を覚え、僕は紅茶でそれをごまかした。

「なぁ、聞いてるのか？」

「いいえ、まったく」

うらめしそうにこちらを見やり、殿下はのろのろと上体を起こした。

「慰めてほしいなら、ご友人を呼んだ方がよいかと」

早く帰らせてほしいという気持ちを込めて遠回しに言った言葉に、殿下はしょんぼりと小さくなった。

「こんな姿、友人にはとても見せられない」

逆に親しい人間には知られたくないというやつだろうか。だとすればとんだ迷惑である。

「それにトラレス公爵家は代々王族と親しいのだろう？　私たちもそうなるべきだと思う」

確かに国王陛下と父もずいぶんと親しい関係で、父は頻繁《ひんぱん》に王宮へと赴いていたように思う。

それに比べて僕はここ数年外出もままならない日があり、王族との親交がトラレス公爵家に生まれた責務の一つならば、それを怠《おこた》っていたともいえる。もう父の真似をしようとは思わないが、これまで怠っていた責務ならば仕方あるまいという気持ちにもなった。

僕が観念して背もたれにどっと体を預けるのを見て、殿下は無邪気な喜びを瞳に浮かべた。

ギルバート殿下は人の都合を考えないところはあるが、どうにも憎めない人物であった。

「サディアスは最近オルヴィアに会ったか？　姉のアマーリエとは今も親しくしているのだろう？」

「ええ、まぁ」

殿下には酷いことをしてしまったと気に病んでいたと伝えようかと思ったがやめた。オルヴィアは本気で酷いことをしたとは思っているが、だからといって殿下との結婚を拒む意思は変わっていないからだ。余計なことをうっかり口にでもすれば、この猪突猛進王子はまたオルヴィアのところへ直進するに決まっている。

「その、彼女は、怒っているか？」

「怒る？　まさか」

ほっと殿下は胸をなでおろし、今度は紫の瞳に期待する色を浮かべながら尋ねた。

「私のことは何か言っていなかったか？」

「あー……恥をかかせてしまったと」

「恥など、どうでもいい。……少なくとも、私は」

目を伏せ、殿下は顔を曇らせる。

「このままではオルヴィアは王都にいられなくなる。私のせいだ……」

一応自分の立場と、周囲の反応はわかっているらしい。

殿下本人が良いと思っていても、周囲は王子の求婚を断ったオルヴィアがこれまでどおり過ごすことを許さない。

「彼女の姉から、オルヴィアはメレヴの神殿へ行くことになったと聞きました」

「そんな……！」

立ちあがり今にも飛び出していきそうな殿下から、激しい焦りを感じる。

「本人がそうすると決めたことです。殿下ができることは彼女を諦め、これ以上、事を荒立てないことです」

「……わかっている。わかっているが……オルヴィアは、彼女は、本当に私のことを好きではなかったんだな」

今からでも殿下の手を取れば、オルヴィアは王都を出ていく必要はなくなる。それを殿下も望んでいる。しかしオルヴィア自身がそれを望まないとなれば、さすがにどうしようもないと諦めがついたのだろう。

殿下は再びぐったりと倒れこみ、天井を見上げた。

「何をどう間違えてしまったのか」

「どうもこうも相手の気持ちも確認せずに求婚したからでは？」

虚無感漂う瞳がじとっとこちらを見る。

「……サディアス、お前には人の心がないのか？」

「残念ながら私は食べる専門ですので」

「この悪食め……」

「殿下のその苦しみも食べてさしあげましょうか？」

「いい」

意外なことにきっぱりと断られ、僕は目を見開く。

「この苦しみは私が本気でオルヴィアを愛していた証拠だ。同じ思いを返してもらえなかったから、なかったことにしたいなどと思うはずないだろう」

「そうですか」

「せっかくの食事のチャンスが残念だったな」

「いいえ。私は悪食というより、偏食なので」

今となってはアマーリエ以外の人間の感情は何を食べようと美味しいとは思えない。

なぜ彼女だけは最初から特別だったのか。

それは僕にもわからない。

彼女が僕を心配してくれたあの時の感情が美味しいとたまたま感じたから、それ以来彼女の感情はすべて美味しいのだと信じきっているからなのかもしれないし、純粋に味覚や体質に合っているのかもしれない。

とにかく僕にとって運命的な出会いであったことは確かだ。

「うぅ、オルヴィア……」

そしてここには運命的な出会いのすえに失恋した男が一人。

僕は殿下の姿を目に焼き付け、己はこうなるまいと強く誓った。

王宮から屋敷に帰ってくると、驚いたことにアマーリエはまだいた。

彼女の姿を見た瞬間、遠くに追いやっていた飢餓感が戻ってきて、己の体の浅ましさが嫌になる。

とはいえ空腹に耐えるのは慣れているから、たとえ眼前に好物を出されても食欲に負けることなどそうそうない。アマーリエに出会うまでの日々、僕を苛《さいな》んでいた激しい飢餓感と酷い胃痛を思えば、本当に取るに足らないレベルのものなのだ。

「おかえりなさい！」

「ただいま。てっきりもう帰っているかと」

もしかして断りの連絡が思いのほかスムーズに終わらず、こんな時間までかかってしまったのかと心配する僕を安心させるように彼女は微笑んだ。

「今日予約されていた方々に事情は説明済みです。今日の分の振り替えをどうするかとかはまだ全員決まっていませんけど、国王からの急な呼び出しでしたから皆さん理解してくれました」

「ありがとう。大変だったろう」

「ちょっとだけ」

指でちょっとと示して、アマーリエはいたずらっぽく笑う。

父親へのわだかまりを発散して以来、彼女は目に見えて明るくなった。

僕が彼女の父親にしたことは荒療治でしかない。それでもアマーリエがこうして明るく笑うようになってくれたのは、僕にとっても救いだった。

　家族への想いに振り回され、家に帰りたくないと泣くアマーリエは、とても見ていられないほどに痛々しかったから。

「お礼をさせてほしい」

「そんな、大丈夫です」

「駄目だよ。ただでさえ普段から僕は君に助けてもらっているんだ。ちゃんとお礼させてほしい」

「……お礼」

　何かを思いついたのか、彼女の瞳が明るく輝いた。

　静かに待っていると、手をもじもじさせながら彼女はこう言った。

「ピクニックに、行ってみたいのです」

　てっきり何か物をねだられると思っていたので、少し意外に思いつつ、恥じらうアマーリエが可愛くて僕は反射的に行こうと答えていた。

「その……オルヴィアと三人でもいいですか？」

「かまわないよ。三人で行こう」

　快諾すると、喜びの匂いがその場に満ちた。

　彼女の喜びはアーモンドの花の香りに似ている。

食欲が刺激され、胃のあたりがきゅうと切なく痛む。

「行きたいところはある？」

「サディアス様はどこか良いところをご存知ですか？」

ピクニックなんて行ったことがないので、答えに窮してしまう。

しかし幸いなことに一か所だけ心当たりを思い出した。

「湖はどうかな。あまり大きくはないけど、ここからそう遠くもない。今の時期は少し寒いかもしれないけれど、その分人も少ないはずだ」

アマーリエもオルヴィアも、人の多いところは好まないだろう。何より僕自身も人の多いところは感情の匂いが氾濫して気持ち悪くなってしまう可能性があった。

「湖！」

良かった。気に入ってもらえたようだ。

「日時はまた明日決めよう。今日はもう遅い」

「ありがとうございます」

丁寧に頭を下げたアマーリエから、再び甘い香りがして今度こそきゅうと腹がなった。

その音にアマーリエは、あっ！　と大きな声をあげる。

「そうだった！　私、サディアス様のお食事がまだだから残っていたんです。朝食べていかれたっきりだったから、お腹空いていますよね」

どうぞと差し出された手をありがたく受け取る。

彼女の手は白く、華奢で、触れる時、僕はいつも少し緊張する。

微かに開いた唇の隙間から、彼女の感情を吸い取り、飲み込んでいく。

湖のことを考えているのだろうか。

アーモンドの花に似た甘い喜びは、水のようにひんやりとしていて、すぅっと僕の体に染みわたっていく。

飢餓感が急速に消え、満ち足りた心地になる。もちろん胃が痛くなったり、嘔吐感に襲われたりもしない。

「ご馳走様」

「お粗末様です」

互いにぺこぺこと頭を下げあい、僕は彼女の手を離そうとした。しかしどうにも名残惜しく、握った手を見つめてしまう。

「僕は君には与えられてばかりだな。本当にありがとう」

「私こそ、サディアス様に救われた人間です。だからサディアス様のお役に立てればそれだけで……」

不自然に言葉が途切れたので視線をあげると、アマーリエは真っ赤な顔で固まっていた。

「アマーリエ？」

「ご、ごめんなさい！　なんでもないんです。えっと、帰ります！」

慌ただしく繋いだ手を離して、アマーリエは部屋を出ていこうとする。

「また明日！」

そう呼びかけると、ぴたりと立ち止まり振り返った彼女は赤い顔のまま小さく頷いた。


彼女が部屋から出ていって、しばらくの間、僕はその場に棒のように立っていた。

「なんだ今の可愛いのは……」

あんなことを言われて、あんな真っ赤な顔をされたら、期待してしまいそうになる。

期待してもいいのだろうか。

いやいや、殿下のようにはなるまいと誓ったばかりではないか。

少々ずるい話だが、彼女も僕のことを好意的に思ってくれていることはわかっている。彼女が僕に毎日食べさせてくれる感情の味や匂いからそういう甘さを感じるのだ。だからといって、彼女が僕に恋をしているのだと断言するのはさすがに自惚れがすぎるだろうと自制していた。

けれどさっきの様子を見てしまった今となっては、少なくとも求婚を前向きに考えてくれるくらいにはアマーリエも僕に好意的だと思いたくなるのも仕方のないことだろう。

彼女が客人として訪ねてきたあの日。

勝手に感情を食べてしまった僕に、もっと食べてくださいと言ってくれた時から。

この人しかいないと思ったのだ。

そのあと見たヴェールをとった素顔が、あまりに可憐で、綺麗で、僕はこの人を妻にするために何がなんでも頑張らなくてはと思ったのだ。

「まぁ、サディアス様。見送りにいらっしゃらなかったからどうしたのかと思えば、そんなところに突っ立って」

気が付くとマーサが部屋の入口から、不思議そうな顔でこちらを見ていた。

「アマーリエはちゃんと馬車で帰った？」

「はい。私どもでしっかりお見送りさせていただきました」

「ありがとう」

何かあったのだろうと、マーサは含みのある目で僕を見た。

赤ん坊のころから世話になっているからか、彼女の目には何もかもお見通しなのかもしれない。

「マーサ、探し物をしたいんだ」

「何でしょう？」

「……両親の結婚指輪はどこに保管しているかな？」

「まぁ……！」

ということはついに！　とマーサは顔を輝かせ、すぐに持ってまいりますと叫んで消えた。

その様子に苦笑いしつつ、僕は早くも緊張と期待と不安に心臓が壊れてしまいそうな心地になるのだった。


湖面の輝きが目をさして、思わず瞼を閉じそうになる。

晴れた空には刷毛《はけ》ではいたような薄い雲がゆったりと流れ、日差しは暖かい。湖の上を吹き渡る風は冷たく、湿っていた。

行楽のシーズンを外しているため、予想通り他に人は見当たらない。

僕はパラソルを地面に刺し、額に浮いた汗をぬぐった。

湖のほとりをアマーリエとオルヴィアが歩いている。彼女たちは日傘もささずに、湖畔の石や花を拾っては見せあい笑う。

靴先が水に触れ、オルヴィアは小さな悲鳴をあげる。

オルヴィアはそのまま水を蹴り上げ、宝石のようなきらめく水の粒が舞った。

「もう、オルヴィア！」

飛沫がかかり岸から逃げるアマーリエをオルヴィアは追いかける。二人が無邪気にはしゃぐ姿は、ゴールドとブラウンの仔犬がじゃれあっているようだった。

ギルバート殿下が見たら、さぞ鼻の下を伸ばして喜ぶことだろう。まぁ、彼がその栄光にあずかる機会はもうないのだろうが。

パラソルがしっかり刺さっているか軽く揺らしてみる。あまり自信はなかったが、大丈夫そうだ。案外なんとかなるものだなと妙に感動してしまう。何せ不健康な体でいた時期が長かったものだから。

まくったシャツからのぞく腕は同年代の成人男性に比べればまだまだ細いが、それでもかなり筋肉がついて健康そうに見える。少なくともピクニックの監督者としてアドラー家の姉妹に頼れるくらいには僕もたくましくなったということだろう。

「おーい、二人とも」

そろそろ日陰に入るように呼び掛ける。

二人は濡れたワンピースの裾をひるがえし、パラソルの下へと戻ってきた。

「オルヴィア、足が濡れたままで座っちゃ駄目よ。ほら、足を出して」

「自分で拭けるわ」

「本当に？」

「わかったわ、お姉様は私のこと赤ちゃんだと思っているのね」

「なぁに？　拗ねてるの？」

むくれるオルヴィアの鼻先をアマーリエはあやすように指先でつついた。

「やめてってば」

ポカポカ叩かれたアマーリエが押し返すと、オルヴィアは笑いながらぽすんと草の上に倒れこんだ。

彼女は瞼を閉じ、胸を大きく上下させて湖の空気を吸い込む。

「……本当に素敵なところ」

アマーリエは妹を叱るでもなく、柔らかな草の上に投げ出されたその手に自らの手を重ねた。

先ほどまでの陽気さはパラソルの影にすっかり沈み、姉妹はそれぞれが遠くを見つめた。

「大丈夫よ、オルヴィア。メレヴはそれほど遠くないわ」

「本当？」

「ええ。手紙だって二日で届くって聞いたもの」

「じゃあ私とお姉様の時間は二日ずれるのね」

「たったの二日よ」

「そうよね。たったの二日だわ」

彼女たちの間に交わされる言葉以外のものを僕が知る由はない。ただ二人が同じ種類の寂しさを抱えていることだけはわかった。

それから軽食をとり、他愛のないおしゃべりや、湖に手を浸して涼んだりして過ごした。オルヴィアが摘んだ花で花冠を作ろうとしたが誰も花冠の作り方を知らず、三人して首をひねったりもした。

「アマーリエも知らないなんて意外だったな」

「外で遊ぶのが苦手な子供だったんです」

花の茎を曲げ、なんとか結び付けようと手を動かしつつ、アマーリエは拗ねた調子で言った。なんでも器用にこなすイメージがあっただけに、意地になって花冠を作ろうとする姿はたまらない可愛さがあった。

ギルバート殿下を含めた社交界に出入りする男たちは、こぞってオルヴィアを妖精姫だと褒めアプローチしたと聞くが、どうして誰もアマーリエも素敵な女性なのだと気づかなかったのか。

いや、きっと中には静かに彼女を狙っていた男もいたに違いない。アマーリエにその気がなくて、気付いていないだけだ。そうでなければ、殿下がオルヴィアにプロポーズした夜会でアマーリエに注がれていた熱心な視線の数々に僕がやきもきすることもなかったはずだ。

僕はズボンのポケットに入れた指輪に触れつつ、ぼんやりとアマーリエの横顔を眺めた。

花の茎が折れて、むっと悔しそうに眉をひそめる彼女の背後でキラキラと湖面が輝く。

どうやって切り出そうか。

いつ切り出そうか。

そう考えつつも、もう少しこのまま彼女を眺めていたいという気持ちもある。

「ねぇお姉様」

オルヴィアの声に、僕もアマーリエも何だと顔をあげる。

「サディアス様と少しお散歩してきたら？」

「え？」

意外な助け舟に驚いていると、オリヴィアと目が合った。

彼女は何もかもわかっている顔で、ぐっと拳を握ってみせる。これは応援されていると受け取っていいのだろうか。

「でも……」

「私は大丈夫よ。メイドを呼んで一緒に過ごすから」

アマーリエを追い出すようにして、オルヴィアは離れたところで控えていたメイドたちを手招きして呼んだ。

どうしようかと困惑した様子で見上げるアマーリエに、僕は帽子を差し出した。

このチャンスをありがたく受け取ることにしたのだ。

「行こう」

アマーリエはつばの広い帽子をかぶり、小さく頷いた。


「こんな素敵なところに連れてきてくれて、ありがとうございます」

草を踏みしめ、僕らは湖のほとりをゆっくりと進んだ。

帽子のつばが邪魔で並んで歩くアマーリエの表情はよく見えない。けれどほのかにする匂いから少なくとも彼女がこの状況を嫌がっていないことはわかった。

「こちらこそ、いつもありがとう」

「私たち、お互いにお礼を言ってばかり」

ふふふと笑い、アマーリエはこちらを見上げた。

妹と同じ青い瞳が帽子の陰から、親しみをもって僕を見つめてくる。彼女の瞳は秋の高い空のように澄んでいて、それでいてどこか寂しい色をしている。

その時、一際強い風が吹いた。

湖に向かっていく風はアマーリエの帽子を巻き上げ、持ち去ってしまう。

「あっ！」

伸ばした手をすり抜け、白い帽子は滑るように湖に落ちた。

水際からそう離れてはいない。あそこまでなら深さもそうないだろう。

「待ってて」

僕は靴を脱ぎすて、帽子がさらに遠くへ流されてしまう前にとざぶざぶと水の中へと入っていった。

「サディアス様⁉」

呼び止める声を背に冷たい水をずんずん進み、帽子を拾いあげた。

ぽたぽたと水が滴るので何度か軽く振ってから岸へ戻ると、アマーリエは少し怒ったような顔でハンカチを差し出す。

「いくら今日は暖かいといってももう秋ですよ。風邪をひいてしまいます」

「でも帽子がないとアマーリエが陽にやられてしまうよ」

「私のことはいいのに」

「よくないよ。アマーリエが倒れたら、僕もオルヴィアも困る。君は自分のことを粗末にしすぎだ」

受け取ったハンカチで帽子を拭くと、彼女はますます呆れた顔をした。

しかし帽子を返す頃には呆れはすっかり苦笑に変わっていて、彼女は返ってきた帽子を抱きしめてこう言った。

「さっきも思ったんですけど、サディアス様ってお兄様みたい。お父様から私を守ってくれたり、ピクニックにも連れてきてくれたし、帽子だって拾ってくれて……どうしてこんなに優しくしてくださるんですか?」

「……え?」

一瞬、脳が完全に制止した。

お兄様って、兄、ということか。

兄みたいだと。

兄、かぁ……。

「兄……」

思いのほかショックが大きく、僕は思わず空を眺めた。

そうかぁ……兄か……。

それだけ慕ってくれているということなのだから喜ぶべきなのだろうが、お前はせいぜい優しい兄どまりなのだと言われたような心地になったのも事実だった。

「ごめんなさい、お嫌でしたか?」

「いや。嬉しいよ」

このまま優しい兄のような存在でいた方が、いいのかもしれない。彼女の望む存在でいれば、嫌われることもなくそばに居続けられるではないか。

そんな思いが脳裏をよぎる。

けれど同時に、彼女が他の男に取られてもいいのかともう一人の自分が僕を叱咤《しった》した。

そうだ。僕は出会った時から、この人を妻にしたいと思ってきたのではないか。今さら臆病風に吹かれてどうする。

僕は帽子を抱きしめたままの彼女に向き直り、緊張のために干上がった口を開いた。

「そうだな……兄のように慕ってくれるのは嬉しいけれど、僕が君に優しいのは、君が好きで、できれば君の夫になりたいと思っているからかな」

アマーリエはぽかんと口を開き、何が起こったのかわからないようだった。

しかし徐々に顔が赤くなっていき、瞬きの回数も増えていく。

「お、夫？　夫って、サディアス様が？」

僕は結婚指輪を取り出し、彼女へ差し出した。

父が母に贈り、その前は祖父が祖母に贈り、代々受け継がれてきた指輪が鈍く光る。

「アマーリエ。僕にとって君は特別な存在だ。生活や健康面においてというだけではなく、君のことをこの世で一番大切で愛おしいと思っているし、勝手だけど心の支えにしている。自分の心を犠牲にしてでも家族のために生きようとした強さも、本当は嫌だと涙を流した弱さも、僕なんかを心から心配して支えてくれる優しさも、全部が好きだ。だからどうか僕と結婚してくれないかい？」

アマーリエはあうあうと不明瞭な声をあげ、帽子の形が変わるほどに強く抱きしめたまま固まった。

僕は匂いから彼女の心を読み取ってしまうことが怖くて、無意識のうちに息を止め、じっと石のように返事を待つ。

「私、サディアス様がそんなふうに想ってくださっていたなんて、ちっとも考えていなくて」

耳まで真っ赤にして、アマーリエはうろうろと視線をさまよわせた。

「お兄様みたいだって、本当にお兄様だったらずっと一緒にいられるのかなとか思ったりもして……でも、本当は、いつかそばを離れなくちゃいけないのが嫌で、どうしたらいいんだろうって……」

ゆっくりと腕の力を抜いて、アマーリエは僕を見上げた。

「だから、すごく……すごく嬉しいです。私でよければ、サディアス様の妻にしてください」

彼女のうるんだ瞳が微笑んだ瞬間、僕はやっと息を吐きだし、そして大きく吸い込んだ。

鼻腔に嗅いだことがないほどにかぐわしい香りが満ちる。

それはアマーリエの感情で、言葉も相まって僕の心を揺さぶった。

頭がくらくらしてその場にしゃがみこんでしまった僕に、アマーリエも慌ててしゃがみこむ。

「大丈夫ですか⁉」

「ごめん、一気に緊張が解けて……」

我ながら格好がつかないなと笑うと、そんなことはないとアマーリエは首を振った。

「私はサディアス様のこういうところ、可愛くて好きです」

「可愛い？」

「はい」

満面の笑みで頷かれてしまい、反応に困る。好きだと言ってもらえて舞い上がっている自分と、可愛いでは不満な自分が頭の中で戦っている。

信じられない幸福感に心臓はずっと鳴りっぱなしで、自分でも驚くほどに大胆な気分になっていた。

僕はアマーリエの手から帽子を抜き取り、そっと彼女の頭にかぶせた。そして左右のつばを両手でひっぱり、彼女の頭を自分の方へと引き寄せる。

自分以外の誰も彼女を見られないように、帽子のつばで世界を閉じて、僕は彼女に口づけをした。

彼女の唇は柔らかく湿っている。

本能的にかすかに開いた口の隙間から、彼女の感情が流れ込み、恍惚とした心地になる。

そのまま貪りそうになるが、ぐっと奥歯を嚙みしめて僕はゆっくりと唇を離した。

「ごめん、ちょっとかじりそうになった……」

「……かじる」

ぽおっとした目で反復し、アマーリエはなぜかさらに感情をあふれさせる。

「ア、アマーリエ？」

「いっぱい食べられてもいいように、サディアス様の好きなところを考えています」

「ち、ちょっと待って！」

感情が物量を伴ってあふれかえり、押し寄せてくるようで、僕は思わずのけぞった。

それと同時に自分はなんて幸せ者なのだろうかという思いで胸がいっぱいになって、少しだけ泣きそうになる。

誰かが自分のことをこんなに想ってくれることが幸せなことだなんて、知らなかったから。

「こんなに食べたら太ってしまうよ」

そう茶化してこみあげる感情をごまかす僕に、アマーリエはきょとんと瞬きをする。

そして満足そうに、どこか得意げに、幸福にうるんだ瞳で笑った。

本作を手に取っていただき、ありがとうございます。散茶《さんちゃ》です。あとがきに何を書こうか悩んだのですが、この話を思いついた時の話でも書こうかと思います。

私の大学の恩師がよく言っていた言葉があります。

「相手に変わることを求めるのは不可能だから、自分が関わり方を変えるしかない」

嫌な人と関わってしまったら、相手に変わってもらうことはほぼ無理なので、自分が接し方や距離を置くなどをしなくてはならないよ、というのが恩師の言葉でした。でもそれが親だったり、距離を置くことが難しい相手だったりするから、現実ってツライ。じゃあせめてファンタジーの世界くらいは相手に変わってもらっていいじゃないか。ということで、感情を食べる悪食公爵がうまれました。まぁ、サディアスも好き好んで食べているわけではないのですが。

アマーリエのお父さんは自分の子供を自分の物扱いする人ですが、本人はその自覚がまったくありません。しかし冷酷非道な人間でもない。お母さんも優しいようで自分勝手な一面があり、オルヴィアには病気という問題があります。自分を取り巻く環境にアマーリエは最初諦めきっています。でも救われたいともがくことは無駄ではないよ。傷つくし、完全に捨て去ることはできなくても、前に進めるよ。という思いを込めて書きました。

えらいシリアスなあとがきになってしまいましたが、へぇーそうなんだー、くらいの感じで読み流していただければと思います。では！

ファンレターはこちらの宛先までお送りください。

〒110-0015　東京都台東区東上野2-8-7
笠倉出版社　Niμ編集部

散茶 先生／みつなり都 先生

アマーリエと悪食公爵

2023年7月1日　初版第1刷発行

著者
散茶
©Sancha

発行者
笠倉伸夫

発行所
株式会社　笠倉出版社
〒110-0015　東京都台東区東上野2-8-7
[営業]TEL　0120-984-164
[編集]TEL　03-4355-1103

印刷
株式会社　光邦

装丁
Keiko Fujii（ARTEN）

ISBN　978-4-7730-6416-2
Printed in Japan